Helga Ham

Der Autor

Peter Mühlhauser-Trois, Jahrgang 1983, ist diplomierter Gesundheits- und Krankenpfleger und lebt mit seinem Sohn in der Nähe von Graz. Helga Ham ist sein dritter Roman.

Peter Mühlhauser-Trois

HELGA HAM
und das Medaillon von Sevilla

Bibliografische Information der Deutschen Nationalbibliothek: Die Deutsche Nationalbibliothek verzeichnet diese Publikation in der Deutschen Nationalbibliografie, detaillierte bibliografische Daten sind im Internet über http://dnb.d-nb.de abrufbar.

Herstellung und Verlag:
BoD – Books on Demend, Norderstedt

ISBN: 9783752667318

Man lebt zweimal: das erste Mal in der Wirklichkeit, das zweite Mal in der Erinnerung.

Honoré de Balzac

Damals

»Die Hexe hat gestanden.« Mit einem breiten Lächeln hing ihr der Inquisitor ein kleines Säckchen um den Hals. Schwarzpulver. Ein Akt der Gnade. Damit es schnell ging.

Sie war an einem Pfahl mitten auf einem Reisighaufen gefesselt.

»Damit erkläre ich das Inquisitionsverfahren als beendet und verurteile sie zum Tode.«

Eifrig entfachte einer der Geistlichen eine Fackel und reichte sie dem Bischof. »Großinquisitor.« Er verbeugte sich tief.

»Ich danke Euch.« Der Bischof stieß die Fackel in den Reisighaufen. »Noch einen letzten Wunsch?«

Das Feuer loderte auf, doch die Frau schwieg.

Natürlich. Sie hatte keine Kraft mehr. Die Folterungen waren zu viel gewesen. Jetzt wollte sie nur noch sterben.

»Warum helfen wir ihr nicht?« Der Knabe zupfte ihn an der Kutte, die er sich über die Kleidung gestreift hatte, um nicht aufzufallen. Er schüttelte traurig den Kopf. Was sollte er tun? Er konnte es locker mit zehn von ihnen aufnehmen, aber gegen Hunderte hatte er keine Chance. Die Frau auf dem Scheiterhaufen dauerte ihn, aber keinesfalls durfte er ihr zu Hilfe eilen und sich als Zauberer zu erkennen geben. Bei den verurteilten Hexern und Zauberinnen handelte es sich um gewöhnliche Männer und Frauen ohne übernatürliche Fähigkeiten. Die Kirche würde das früher oder später einsehen. Wenn er aber seine Fähigkeiten zur Schau stellte, würde sich die katholische Kirche in ihrem Handeln bestärkt fühlen und noch brutaler gegen die Hexen vorgehen.

Die Menschen um ihn herum grölten. Jubelten, als die Flammen an dem Kleid der Hexe leckten.

Er drehte den Knaben so, dass er ihm direkt in die Augen sehen musste. »Geh zurück ins Kloster und versteck dich bei den anderen.«

Der Knabe schüttelte den Kopf. Langsam verlor er die Geduld mit dem Bengel. Er hing an seinem Rockzipfel und ließ sich nicht abschütteln.

»Deine Mutter macht sich bestimmt Sorgen.«

Der Knabe zeigte auf die Hexe.

Er blickte zwischen ihr und dem Kind hin und her. Diese Ähnlichkeit. Wie hatte er das übersehen können? »Das ist deine ...«

Verdammt!

Die Frau auf dem Scheiterhaufen riss den Kopf gen Abendhimmel. Ein letztes Mal. Dann explodierte das Säckchen um ihren Hals.

Er hielt dem Knaben die Augen zu. Das Blut seiner Mutter spritze auf die Gesichter der Leute unmittelbar vor dem Scheiterhaufen.

Der Kleine schrie auf und unweigerlich drehte sich die Menschenmenge um.

Eine hagere Frau kreischte. »Da ist noch einer! Seht nur! Die roten Haare!«

Er packte den Jungen und rannte zum Kloster. Klopfte gegen die Klappe der Klostertüre. Sie wurde beiseitegeschoben und ein Novize blinzelte ihm durch das Gitter entgegen.

»Ich bin's.«

Der Novize entriegelte das Schloss.

Er stürmte mit dem Knaben durch das Tor. »Versperrt es wieder, schnell!«

Das Tor quietschte, Ketten klimperten.

Jetzt hieß es, keine Zeit verlieren. Mit dem Jungen im Schlepptau hastete er die Gänge entlang. Rechts, links, nochmal links. In der Bibliothek machte er halt.

»Sie kommen«, flüsterte er.

Männer und Frauen tauchten hinter den Bücherregalen auf und starrten ihn ängstlich an. Alle, bis auf einen.

Waleran.

Ein Krieger, durch und durch.

»Ich werde kämpfen«, sagte er entschlossen. An seiner Seite stand sein großer weißer Tiger.

»Das werdet Ihr nicht.« Er wies ihn mit einer Kopfbewegung zur Tür. »Ihr seid der Einzige, der die Leute sicher nach draußen führen kann.« Während er sprach, suchte er nach einem Buch. Nicht zu dünn, nicht zu dick. Er griff nach einem unscheinbaren Text ohne Titel. Mit festen Buchrücken. Perfekt. »Geht jetzt! Oder wollt Ihr, dass unsere Schätze den Gewöhnlichen in die Hände fallen?« Er zeigte auf die Rucksäcke, die zu den Füßen der Leute standen.

Anstatt einer Antwort fragte Waleran: »Was tut Ihr hier?«

»Ich verstecke einen letzten Trumpf. Falls alles schief laufen sollte.« Er griff in seine Kutte und fischte eine goldene Scheibe mit einem kleinen Loch in der Mitte hervor. Mit einem Zauber erhitzte er die Scheibe, sodass es sie in den Buchrücken drücken konnte. Er vergewisserte sich, dass sie festklebte, schloss das Buch und stellte es zurück ins Regal.

Der Tiger knurrte.

Kamen die Inquisitoren? Hatten sie es so schnell ins Gebäude geschafft?

Er atmete tief durch, schnappte sich eine Laterne und verkündete: »Schultert eure Rucksäcke, wir gehen gemeinsam.«

Zumindest fürs Erste.

Die Männer und Frauen, Burschen und Mädchen folgten ihm. Eine alte Frau hatte sich des Jungen angenommen und redete behutsam auf ihn ein.

Sie gingen zu einer kleinen Kammer. Dort führte eine Treppe tief unter das Kloster.

»Bleibt beisammen!« Glaubte man den alten Geschichten, so hatten sich hier unten schon manche hoffnungslos verirrt.

Er überreichte Waleran die Laterne und ließ ihn mit seinem Tiger vorausgehen, während er selbst die Nachhut bildete. Später würde er so unbemerkt verschwinden können. Schließlich hatte er Veronica versprochen zurückzukehren.

Die Männer vor ihm stoppten. Er blinzelte in die Finsternis, konnte aber nicht erkennen, warum Waleran angehalten hatte.

Plötzlich tauchten sie auf.

Fackeln.

Zehn. Zwanzig.

Er wirbelte herum, doch auch hinter ihm: Fackeln.

Nein! Er drückte sich an die Wand und nestelte an dem Medaillon herum, das um seinen Hals baumelte. Das Medaillon von Sevilla. Er wollte es nicht benutzen. Noch nicht. Doch er hatte keine andere Wahl.

Einen Wunsch. Das Medaillon erfüllte ihm nur einen einzigen Wunsch. Er überlegte fieberhaft, als er einen der Fackelträger erkannte. Ganz vorne. Markus.

Erleichtert atmete er auf. Er kämpfte sich durch die Männer und Frauen zu Waleran und nahm ihm die Laterne ab. Beleuchtete sein Gesicht. »Markus, mein Freund.«

Markus' Miene blieb ungerührt.

Er schüttelte den Kopf. Langsam. Ungläubig. »Warum?«

»Das fragt Ihr noch? Nachdem, was Ihr meiner Tochter angetan habt?«

Er schluckte.

»Glaubt Ihr, ich hätte keine Augen im Kopf?«

»Wir lieben uns«, erklärte er.

Markus spuckte auf den Boden. »Liebe, pff. Es ist vorbei.« Er wandte sich an seine Männer. »Ergreift die Hexer und Zauberinnen. Treibt ihnen den Teufel aus.«

Walerans Tiger knurrte, ehe sie einen Schritt machen konnten. Doch nun rückten die Fackelträger von der anderen Seite näher.

Er öffnete sein Medaillon, leckte sich über den Daumen und drückte den nassen Finger auf die Innenfläche. Wasser aktivierte es. »Ich wünschte, die Decke würde über der gesamten Meute einstürzen und sie unter sich begraben.«

Es war ein dämlicher Wunsch, aber der einzige, der ihm auf die Schnelle einfallen wollte. Besser wäre es gewesen, wenn er sich mit all seinen Leuten einfach weggewünscht hätte, aber das war nicht möglich. Der Wunsch konnte sich nur auf die unmittelbare Umgebung und eine Person beziehen. So egoistisch war er nicht, nur sich selbst zu retten.

Der Einsturz verschaffte ihnen ein wenig Zeit. Verdammt, sie waren Zauberer. Mochten sie auch noch so ungeübt sein, in ihnen steckte die Kraft der Gaia und sie beherrschten eines der vier Elemente. Leider verstanden nur die wenigsten etwas von ihrem Handwerk. Viel früher hätte er ihnen zeigen sollen, wie sie ihre Kräfte einzusetzen hatten.

Die Staubwolke, die mit dem Einsturz einhergegangen war, legte sich und er verkündete mit fester Stimme: »Wir teilen uns auf.« Er stellte seine Laterne ab und fuhr fort. »Erdzauberer nach rechts, Luftzauberer nach links. Wasser- und Feuerzauberer zu mir.« Hoffentlich wussten sie wenigstens, mit welchem Element sie geboren worden waren.

Die Leute verteilten sich. Die Hälfte von ihnen, darunter auch Waleran, gesellten sich zu ihm. Die andere Hälfte ging nach rechts.

Er hatte es befürchtet. Nicht ein einziger Luftzauberer, der durch die Steine hätte fliehen und Hilfe holen können.

»Wie habt Ihr das mit dem Einsturz hinbekommen?«, fragte Waleran. Er war der Einzige, der seine Kräfte beherrschte, und wusste, dass ihm als Feuerzauberer so ein Zusammenbruch nicht hätte gelingen dürfen.

Er zeigte ihm das Medaillon. »Damit. Es erfüllt einem einen Wunsch.«

Waleran bekam große Augen. »Warum sprengen wir uns nicht frei?«

»Um vor dem Kloster von der aufgebrachten Meute empfangen zu werden?« Er schüttelte den Kopf. »Sie müssen glauben, dass wir tot sind.« Er gab das Medaillon Waleran.

»Ich kann es nicht mehr benützen. Es erlaubt einer Person nur einen einzigen Wunsch.«

»Verstehe. Was soll ich mir wünschen?«

»Gar nichts.« Er machte einen Schritt nach vorne. »Erdzauberer!«, sagte er laut und deutlich. »Ihr seid jung und es erfordert jahrelanges Training, dem Erdreich Herr zu werden. So viel Zeit haben wir nicht. Nehmt die Schätze, es gibt einiges zu tun!«

Erst Jahrhunderte später fand man ihre Gebeine.

Happy Birthday, Sem

»Heiliger Josef, du Nährvater Jesu Christi ...« Helga betete vor dem großen Heiligenbild, das an der Wand hing. Der unbekannte Maler des Porträts hatte die Augen so hinbekommen, dass sie einen stets ansahen; ganz gleich, ob man im Bett lag, am Tisch saß oder vor dem Fenster stand.

Er wird dir immer zuhören. Dich immer beschützen. Worte ihrer Mutter. Eine Zeit lang war der Heilige der Einzige gewesen, mit dem sie gesprochen hatte.

»Bald ist es so weit«, sagte sie.

Zum ersten Mal seit vier Jahren verließ sie das CuraNaus, in dem sie seit dem Tod ihrer Eltern lebte. Sie würde das kommende Schuljahr im Internat verbringen und erst zu den Sommerferien zurückkehren.

Ein komisches Gefühl. Was, wenn ihr das Internat nicht gefiel? Wenn sie keinen Anschluss fand?« Sie schüttelte den Kopf. Warum machte sie sich so viele Gedanken? Tief in ihrem Inneren wusste sie es genau. Es war nicht die Angst vor der neuen Schule. Jahrelang hatte sie gepaukt, hatte Bücher um Bücher verschlungen, um auf die Adele Baumgartner zu kommen; dem renommiertesten Internat des Landes.

Sie wollte es allen zeigen. Besser sein. Nicht als Verkäuferin enden. Oder als Mutter von sieben Kindern, als Hausfrau. Sie wollte studieren, Ärztin oder Anwältin werden.

Doch jetzt, wo es endlich so weit war, wollte sie lieber hierbleiben.

Die Zeit anhalten und genießen.

Du bist zeitlebens für das verantwortlich, was du dir vertraut gemacht hast. Antoine de Saint-Exupéry. Wie recht er hatte. Sie hätte Sem nicht ins Herz schließen dürfen. Nur weil er so aussah wie Felix.

Sie strich über die Narbe am rechten Schlüsselbein, wo sich das Autodach hineingebohrt hatte; dasselbe Autodach, das ihren Eltern und ihren Bruder das Leben gekostet hatte. Ihre Finger wanderten weiter den Hals hinab und umschlossen das Medaillon, das dort hing. Das Medaillon hatte ihr Japhet erst vor kurzem geschenkt, das Foto hingegen war alt. Ein letztes Andenken von ihrer Familie.

Die Tür krachte gegen den ramponierten Heizkörper und Patricia trampelte ins Zimmer.

Die hatte ihr gerade noch gefehlt. Seit die älteren Kinder über die Sommerferien von den Internaten zurückgekehrt waren, hatte sie kaum eine ruhige Minute.

Ein Rucksack knallte auf den Boden. Zwei Schuhe flogen unter das Bett.

»Wie ich sehe, führst du wieder Selbstgespräche.« Sie hielt sich die Hand vor den Mund. »Ich meine, du betest.« Sie zog eine Weste vom Haken. »Da will ich dich Gott weiß nicht stören.«

Die Tür knallte so fest ins Schloss, dass das Josefsbild an der Wand wackelte.

Helga biss die Zähne zusammen. »Es heißt *weiß Gott*, nicht *Gott weiß*«, rief sie ihr nach. Wie hatte *die* es geschafft, letztes Jahr auf die Adele Baumgartner zu kommen? Jedes Jahr schafften das nur drei Kinder. Dieses Jahr waren es Helga, Rafik und Gordon.

Nicht aber Sem.

Dabei wäre er der perfekte Kandidat. Einen Jungen mit dem Grips eines Einsteins auf eine Sportschule zu schicken war bescheuert.

»Sem sollte neben mir sitzen, seine ...« Sie unterbrach sich. Konnte es sein, dass sie sich in ihn verliebt hatte? Unsinn! Ihr ...

Lächelte der Heilige Josef plötzlich? Helga atmete tief durch. »Hör auf damit!« Sie räusperte sich. Dann setzte sie zu einem »*Gegrüßet seist du, Maria*« an. Das *Vaterunser* betete sie schon lange nicht mehr. Seit dem Autounfall brachte sie »*dein Wille geschehe*« nicht mehr über die Lippen.

»Im Namen des Vaters und des Sohnes und des Heiligen Geistes, Amen.«

Die Tür ging auf. Dieses Mal langsam und leise. Also nicht Patricia.

»Pst.« Japhet steckte den Kopf durch den Spalt.

Helga riss die Augen auf. »Was machst du hier?« Jungs hatten im Mädchentrakt nichts verloren. Wenn ihn die Mönche oder Nonnen entdeckten, würden sie ihn in den Karzer stecken. Helga war noch nie eingesperrt worden. Doch Japhet kümmerten Vorschriften wenig.

»Ich warte schon seit einer halben Stunde auf dich.«

Sie schlug sich auf die Stirn. Sie hatten sich um fünf Uhr in der alten Mühle verabredet, um Sem mit einem Geburtstagskuchen zu überraschen. Wie hatte sie das vergessen können? Es war ihre Idee gewesen. »Pass auf, dass dich keiner sieht, ich komme gleich nach.«

Japhet tippte sich an die Schläfe und schloss die Tür.

Helga schüttelte den Kopf. »Verrückter Kerl.« Nie und nimmer hätte sie gedacht, ihn einmal so lieb zu gewinnen. Die Verwandlung, die er dank Sem durchgemacht hatte, war erstaunlich. Fast wie bei ihr selbst. Woher hätte sie auch wissen sollen, dass in dem Maulaufreißer ein guter Kerl steckte. Ein Zauberer. Der bald auf eine Zauberschule gehen würde.

Sie öffnete den Kleiderschrank und zog unter einem sorgfältig zusammengelegten Stoß Blusen Sems Geschenk hervor. Hoffentlich freute er sich darüber. Sie steckte das handtellergroße Päckchen ein, schlüpfte in die Schuhe und lief, ohne die Schnürsenkel zu binden, aus der Tür.

Sem wartete in dem baufälligen Gebäude, das einmal eine Mühle war, auf sie. Er saß auf einem Strohballen und ließ die Füße baumeln. Helga und Japhet überfielen ihn von hinten.

»Überraschung«, riefen sie gleichzeitig.

Sem wirbelte herum. Er starrte sie mit offenem Mund an.

»Eigentlich wollten wir hier noch dekorieren«, sagte Japhet.

»Aber ich habe die Zeit übersehen«, sagte Helga.

Sem runzelte die Stirn. »Wozu?«

Japhet zeigte ihm den Kuchen, den er hinter seinem Rücken gehalten hatte. Die Kerzen darauf neigten sich in alle Richtungen. Helga rückte die schiefste gerade, fischte das Päckchen aus ihrer Tasche und reichte es Sem.

»Happy Birthday.«

»Aber ich hab doch gar nicht Geburtstag«, stammelte Sem.

»Sagt wer?«

»Sag ich. Ich habe keine Ahnung wann ...«

»Es ist dein Namenstag«, erklärte Helga. »Ich dachte, bis wir den richtigen Tag kennen ...«

Sem sah sie gerührt an.

»Wir haben meinen Geburtstag gefeiert, jetzt bist du dran.« Japhet fuhr mit der flachen Hand über die Dochte. Schon brannten sie.

Helga wusste nicht, welche Zauber er beherrschte, aber mit Feuer konnte er umgehen.

»Du musst sie ausblasen.«

»Bevor die Kerzen auf den Kuchen kippen.«

»Und vergiss nicht, dir etwas zu wünschen«, sagte Helga.

Sem schloss die Augen und pustete. Dann nahm er den Kuchen und roch daran. Wachs tropfte auf seine Hose. »Der ist traumhaft. Woher ...«

»Frater Ignatius«, sagte Japhet. »Ich hätte ihn ja selbst gemacht, aber ...«

Helga lachte.

»Was? Glaubst du, ich könnte das nicht?«

Helga schüttelte den Kopf. »Ich lache nicht deshalb.« Sie zeigte auf den Wachsfleck auf Sems Hose.

»Sehr witzig.« Sem wischte über das Wachs und machte alles noch schlimmer.

»Du musst warten, bis es hart ist. Einen Moment ich mach das.« Helga kniete sich zu ihm und pustete.

»Da wird gleich noch was anderes hart«, stichelte Japhet.

Sem wurde knallrot.

Helgas Wangen glühten. Sie drehte sich zu Japhet. »Also wirklich.«

»Wenn das die Mönche wüssten. Die würden mich in den Turm sperren und ...« Er äffte Pater Rubens nach. »Verlotterter Bengel!«

»Genau«, fiel Sem ein. Er zupfte am Wachs und schnippte es Japhet ins Gesicht.

»Hey.« Der trat einen Schritt zurück.

Helga seufzte. Wie sehr würden ihr diese Neckereien fehlen.

»Was ist?« Japhet entging nichts.

Sem stoppte den Beschuss. »Tut mir leid.«

Sie lächelte. Typisch Sem. Nahm sofort an, es läge an ihm. »Jetzt dauert es nicht mehr lange«, sagte sie deshalb.

Japhet und Sem wurden augenblicklich ernst.

Prima. Nun hatte sie ihnen den Nachmittag verdorben.

»Dass wir bald getrennte Wege gehen, lässt sich nicht ändern«, sagte Japhet.

Sie hatten schon oft darüber gesprochen.

Warum musste sie ausgerechnet jetzt damit anfangen?

»Du träumst seit deinem zehnten Lebensjahr vom Adele Baumgartner. Denk doch mal nach. Für was hast du dich so reingehängt?«

Helga rollte die Augen. *Wofür* nicht *für was*. Doch sie korrigierte Japhet nicht. Sie wusste mittlerweile, dass ihre besserwisserische Art nerven konnte.

»Auch wenn wir auf verschiedene Internate gehen«, sagte Sem ruhig, »wir bleiben Freunde.«

Japhet nickte.

»Ich habe keine Ahnung, wo meine Familie steckt.« Sem blickte an die Decke. »Aber das ist egal. Ihr seid jetzt meine Familie. Dank euch gibt es etwas, worauf ich mich freuen kann.« Er machte eine ausladende Handbewegung. »Ein Zuhause.«

Eine Stunde später schlenderten sie zurück ins Kloster. Als sie die Meranhalle betraten, kam ihnen Pater Pius entgegen.

»Hier steckt ihr.« Der Schulvorsteher war völlig aus der Puste. »Ich suche dich schon überall, Sem.«

Hinter Pius tauchte ein hochgewachsener Mann auf. Er trug einen weißen Anzug. Das Sakko hing lässig über der Schulter.

Taxierte er sie? Oder starrte er Japhet an, der hinter ihr stand? Die Augen des Fremden waren unheimlich. Und gleichzeitig vertraut. Merkwürdig. Sie senkte den Blick.

»Der Herr kommt aus Berlin«, sagte Pater Pius zu Sem, und sah ihm dabei fest in die Augen. Hoffte er auf irgendeine Gefühlsregung?

Der Fremde wandte sich direkt an Sem. »Erkennst du mich nicht?«

Sem schüttelte den Kopf.

Pater Pius seufzte. »Aber Junge, das ist ...«

Der Fremde fuhr dem Pater ins Wort. »Ich bin's ... dein Vater.«

Sodom und Gomorra

Helga nagte an ihrem Daumen. Japhet schaukelte mit dem Stuhl. Sie waren ins Zimmer geschickt worden, damit sich Sem und sein Vater in Ruhe unterhalten konnten.

Sems Vater!

Kein Wunder, dass ihr der Mann bekannt vorgekommen war. Sie setzte sich zu Japhet an den Tisch. Stand wieder auf. Warum war sie so nervös?

»Wie lange dauert das denn noch?« Japhet rutschte mit dem Stuhl zurück und stand auf.

»Sie haben sicher einiges zu bereden«, sagte Helga.

Japhet seufzte. »Ich weiß, ich weiß. Ich sollte mich für ihn freuen, bla, bla. Tue ich aber nicht.«

Helga nickte. »Ich auch nicht.«

Irgendetwas war hier faul. Es war die Miene des Mannes, mit der er zunächst Sem, dann sie und schließlich Japhet angesehen hatte. Das war nicht der Blick eines liebenden Vaters, der sich freute, seinen verlorenen Sohn wiedergefunden zu haben. Einen Moment schien er sich sogar mehr für Japhet zu interessieren, als für Sem.

Als würde er ihn kennen.

Japhet ging zur Zimmertür.

»Wohin willst du?«

»Was denkst du?«

»Und wenn er zurückkommt? Wenn wir ihn verpassen?«

»Ja, *wenn* er zurückkommt.«

»Warum sollte er denn nicht zurück ...? Glaubst du, sein Vater nimmt ihn stante pede mit?«

Japhet schwieg.

»Seine ganzen Sachen sind noch hier!« Sie zeigte auf Sems Bett. Zwei Hosen lagen auf der Matratze. Neben dem Bettpfosten lagen ein Paar Fußballschuhe. Am Fensterbrett stand ein Wecker. Nichts davon gehörte Sem.

»Du hast Recht.« Sie hatte das Warten genauso satt wie Japhet. »Gehen wir!«

Sie liefen die Treppe nach unten, durchquerten die Meranhalle und folgten den Gängen.

Vor der Wäscherei liefen sie Pater Pius in die Arme.

»Wohin so eilig?«

»Sem?«, murmelte Japhet.

»Im Lehrerzimmer, mit seinem Vater. Meine Güte, haltet ihr es keine fünf Minuten ohne einander aus?«

Helga wusste selbst, dass noch nicht viel Zeit vergangen war, aber das Gefühl, dass hier etwas nicht stimmte ...

»Pater Pius. Pater!« Frater Teo lief ihnen entgegen. Keuchend blieb er stehen. »Ich habe soeben mit der Jugendfürsorge gesprochen. Wie gewünscht.« Er schnappte nach Luft.

»Und?«

»Die sagen, dass sich niemand über Sem erkundigt hat. Von Information, die sie herausgegeben hätten, ganz zu schweigen. Dazu hätten sie erst ...«

»Das verstehe ich nicht. Wie konnte sein Vater ihn dann finden?«

Japhet spurtete sofort los. Helga folgte ihm.

Sem war in Gefahr! Es dauerte eine gefühlte Ewigkeit, bis sie das Lehrerzimmer erreichten.

Abgeschlossen.

Japhet nahm Anlauf und rammte mit der Schulter die Tür. Völlig untypisch. Japhet konnte Schlösser auch mit Hilfe eines Zaubers knacken.

Die Tür knallte an die Wand.

Helga schnappte nach Luft.

Sem saß am Boden. Die Augen schreckgeweitet. Über ihm der weiß gekleidete Mann, ein Glas Wasser in der Hand. Er zwang Sem, daraus zu trinken. Ein Tropfen benetzte seine Lippen.

Japhet ballte die Hände zu Fäusten und stürzte sich auf den Mann. »Pfoten weg!«

Der Fremde parierte Japhets Attacke, indem er den Arm vor sein Gesicht hob. Das Wasserglas knallte auf den Boden. Splitter spritzten.

Helga schloss reflexartig die Augen. Als sie sie wieder öffnete, war der Fremde von Sem zurückgetreten. Er hob beschwichtigend die Hände.

Japhet kniete sich zu Sem. »Bist du okay?«, fragte er, ohne den Mann aus den Augen zu lassen.

Sem verzog das Gesicht. »Weiß nicht.«

Helga nahm seine Hand. Sie war nass und klebrig.

Ehe sie begriff, was das bedeutete, fuhr Japhet den Fremden an. »Was wollen Sie von Sem?«

Der Mann sagte nichts, starrte ihn nur an, als könnte er nicht fassen, dass man so mit ihm sprach.

»Na los!« Japhets Fingerspitzen glühten.

»Das Feuer ist zu schwach«, sagte der Mann ruhig und deutete auf Japhets Hände.

Helga runzelte die Stirn. Woher wusste der von Japhets Fähigkeiten?

»Japhet Morsus«, säuselte der Mann.

Er kannte Japhets Namen?

»Kennst du den etwa?«, fragte Helga.

»Natürlich nicht«, sagte Japhet.

»Ach.« Der Mann lächelte.

Japhet kniff die Augen zusammen, schüttelte den Kopf. »Ich kenne Sie nicht!«

»Schade.«

In diesem Moment stolperten Pius und Teo ins Zimmer. »Was geht hier vor?«

Ohne zu antworten, vollführte der Fremde eine Hundertachtziggraddrehung und sprang durch das geschlossene Fenster. Es regnete Glas.

Der Mann landete auf dem Rasen, rollte sich ab und rannte fort.

Alle starrten ihm nach.

»Was in Herrgottsnamen ...« Pater Pius' Satz endete in einem Hustenanfall.

»Ich muss ihn aufhalten«, rief Japhet und sprang dem Mann durch den Fensterrahmen nach.

Sem hob mühsam den Arm. »Nicht ...«

Zu spät. Japhet landete auf der Wiese und hechtete ihm hinterher.

»Bleib sofort stehen!«, rief Pater Pius. Er presste sich ein Taschentuch auf den Mund.

Glaubte Japhet, den Mann aufhalten zu können? Allein? Er verfügte zwar über Zauberkräfte, aber das machte ihn nicht unverwundbar.

Sem drückte Helgas Hand. »Halte ihn auf!« Er hustete. »Ich kann nicht.«

Sie wuschelte ihm durch die verschwitzen Haare. »Mach dir keine Sorgen.« Dann sprang auch sie. Durch das Fenster.

»Sodom und Gomorra«, schrie Pius. Der Wind pfiff ihr um die Ohren.

»Jaaaaphet!«, schrie Helga und rannte entlang der Klostermauer ihm nach. Nach zwei Minuten blieb sie stehen, stützte die Hände auf die Oberschenkel. Ausdauersport war nichts für sie.

Sie sah sich um. Wohin konnten Japhet und der Mann gelaufen sein?

»Zurück ins Kloster? Unwahrscheinlich.

Zum Haupttor?

Zu den Stallungen?

Vielleicht zum See?

Aufs Feld?

Wo konnte man sich am besten verstecken? Wo am schnellsten untertauchen? Wollte der Mann das überhaupt? Was, wenn er Japhet in eine Falle lockte?

Sie bog um die Ecke. Und rannte Albine über den Haufen.

»He, pass doch auf«, blaffte diese und rückte ihre riesigen Brillengläser gerade.

»Hast du Japhet gesehen?«

»Du kannst Sem nicht retten«, sagte Albine. »Es ist bereits in seinem Blut.«

»Was?« Für Albines Kryptogequatsche hatte sie jetzt keine Zeit. »Wo ist Japhet?«

Albine zeigte hinter den Fußballplatz.

Helga lief sofort los.

Dann sah sie ihn.

Japhet stand vor dem Geräteschuppen, ein Feuerball loderte in seiner rechten Hand.

»Japhet.« Sie stolperte mehr, als sie lief. »Mach keine Dummheiten!«, brüllte sie.

»Hau ab«, blaffte Japhet. »Der Kerl hat sich da drinnen verschanzt.«

»Dann sollten wir auf die Polizei warten.«

Japhet lachte. »Ja genau.«

Helga seufzte. Mit der Polizei hatte Japhet keine guten Erfahrungen gemacht. »Ich will nicht, dass dir etwas passiert. Und Sem genauso wenig.«

Bei Sems Namen zuckte er zusammen. »Ich muss ihn kriegen. Was, wenn er Sem nochmal angreift?«

In diesem Moment ertönte ein lautes Motorengeräusch.

Das war doch ...

Der Traktor!?

Einer plötzlichen Eingebung folgend rempelte Helga Japhet zur Seite.

Gerade noch rechtzeitig. Das Garagentor krachte auf den Erdboden. Staub wirbelte auf.

Der Traktor rollte über das Blech, gab Gas und bretterte Richtung See.

Japhet starrte Helga an. Dankbar? Vorwurfsvoll? Wahrscheinlich irgendetwas dazwischen.

Er rappelte sich auf und folgte dem Achtzylinder, Frater Benedikts ganzem Stolz. Keiner durfte den Traktor anrühren. Nicht einmal die anderen Mönche.

»Warte!«

Japhet blieb stehen.

»Das-hat-keinen-Sinn«, keuchte er. Er rannte zurück zu den Stallungen.

Helga drehte sich im Kreis. Was hatte er vor? »Wohin willst du?« Ihre Augen huschten hin und her. Von Japhet zum Traktor und wieder zurück.

Japhet erreichte den Pferdestall und öffnete Swetlanas Box.

Helga blinzelte. Was wollte er da? Sattelte er das Pferd? Sie hatte ihn noch nie reiten sehen.

Japhet schwang sich auf Swetlanas Rücken. Galoppierte an ihr vorüber. Kam dem Traktor auf Swetlanas Rücken schnell näher.

Was würde er tun, wenn er ihn eingeholt hatte? Stoppen?

Der Traktor rollte über die Wiese zur Lieferanteneinfahrt. Zum versperrten, dreimeterhohen Gittertor.

Er wird doch nicht ...

Es krachte.

Der Traktor raste tatsächlich durch das Tor.

Und Japhet folgte ihm. Sprang mit Swetlana über das plattgefahrene Gestänge.

Sie schüttelte den Kopf. Sodom und Gomorra, hatte Pater Pius vorhin gesagt. Der Vergleich passte.

Auf einmal ein Schrei. Dann ein zweiter. Helga drehte sich um.

Hatte sie gerade Sems Namen gehört?

Sie lief zum Kloster zurück. Pater Pius und Frater Teo traten aus der Meranhalle. Sie trugen etwas. Jemanden!

Sem?

»Was ist mit ihm?« Helga kämpfte sich durch die Zuschauer.

»Zurück!« Frater Cornelius umfasste ihre Taille, hinderte sie am Weiterkommen.

»Nein, lassen Sie mich los! Ich muss ...«

»Du musst überhaupt nichts, mein Fräulein.«

»Aber ...« Sie strampelte.

Da tauchte Frater Ignatius vor ihr auf. »Ganz ruhig!«

Helga streckte den Kopf. Selbst der Küchenchef war hier? Hatte er seine Töpfe und Pfannen allein gelassen?

»Du kannst nichts tun«, sagte er.

Sie kämpfte mit den Tränen. »Was ist passiert?«

»Sage ich dir, sobald du dich beruhigt hast.«

Als ob das so einfach wäre. Als ob es dazu nur einen Knopfdruck bräuchte.

»Lass sie los«, sagte er zu Frater Cornelius.

»Damit sie wie eine Furie weiterrennt?«

»Das wird sie nicht. Oder Helga? Das wirst du nicht?«

Sie nickte schwach.

Cornelius lockerte den Griff.

Helga blinzelte zu Pater Pius. Zu Sem. Rührte er sich noch?

Du kannst ihn nicht retten. Albines Stimme in ihrem Ohr.

»Er ist nur bewusstlos«, erklärte Frater Ignatius.

Nur?

Ignatius nahm sie in den Arm. »Es wird alles gut.«

Klar, das hatten sie damals auch gesagt.

Kurze Zeit später waren ihre Eltern und ihr Bruder tot gewesen.

Schluss, aus und vorbei

Der Hubschrauber landete ohne die Rotoren abzustellen. Sem in den Heli zu bugsieren, dauerte keine drei Minuten. Sofort hob ob er wieder ab, schraubte sich steil in die Luft und verschwand über den Baumkronen.

Helga atmete auf. Je schneller Sem ärztlich versorgt wurde, desto besser.

»Stimmt es? Das mit Sems Vater?«, fragte jemand hinter ihr. Gnomi.

Rafik boxte ihm in die Rippen. »Lass sie zufrieden!«

Plötzlich plapperten alle durcheinander.

»Ob er überlebt?«

»Was ist eigentlich passiert?«

»Der Traktor ist einfach durch das Tor gefahren.«

Helga hielt sich die Ohren zu.

»In die Meranhalle, alle!«, schrie Frater Cornelius, doch keiner hörte auf ihn.

Pater Pius pfiff. »Wer in einer Minute nicht drinnen ist, schrubbt bis Weihnachten die Toiletten.«

Das wirkte. Sie trotteten ins Kloster.

»Fahr ins Krankenhaus«, sagte Pater Pius zu Frater Teo.

»Ich?«, fragte Teo.

»Einer muss. Ich hasse Autofahren.«

Helga zupfte an Pius Kutte. Der Pater bedachte sie mit einem grimmigen Blick. »Ich sagte, ins Kloster!«

»Ich möchte mit«, sagte sie.

»Und ich möchte ...« Er atmete aus. Dann nickte er. »Vielleicht keine schlechte Idee.«

Wirklich!? Sie hatte mit mehr Widerstand gerechnet. Helga gab ihm keine Gelegenheit, es sich anders zu überlegen, und folgte Frater Teo zum Kombi.

Als sie im Krankenhaus ankamen, wurde Sem von der Notfallambulanz gerade auf ein Zimmer verlegt.

Helga warf dankbar einen Blick nach oben. »Darf ich zu ihm?«

»Dritter Stock, Zimmer 19«, sagte der Arzt. Zu Frater Teo sagte er: »Kommen Sie doch einen Moment in mein Dienstzimmer!«

Sollten die Erwachsenen reden - Hauptsache, sie durfte zu Sem. Sie rannte los. Die Treppe nach oben. Durch eine Automatiktür. Den Flur entlang.

Rechts Zimmer 17, links Zimmer 18, rechts ... Ah hier. Zimmer 19. Sie steuerte auf die Tür zu.

Eine Krankenschwester trat heraus. Helga bremste vor ihr.

»Hallo, junges Fräulein. Wohin so eilig?«

Helga zeigte auf die Neunzehn. »Sem.«

Die Schwester lächelte. Ein Namensschild auf ihrer Brust wies sie als Schwester Huberta aus. »Bist du eine Freundin von ihm?«

Helga nickte.

»Gut. Zehn Minuten. Er ist gerade erst aufgewacht.« Huberta machte Platz und Helga betrat das Zimmer.

Es roch steril, aber nicht unangenehm. Vor Sems Bett standen zwei Paravents. Unnötig, denn die anderen Betten waren leer.

Sie lugte vorsichtig um die Trennwand.

Ihr Herz schlug höher. Sem sah aus wie ein Engel. Bis oben zugedeckt, mit seinen langen Wimpern ...

Er blinzelte. »Helga?!«

Sie fiel ihm um den Hals. »Ich dachte, ich hätte dich verloren. Ich dachte ...«

Sie presste ihre Lippen auf seine. Sem riss die Augen auf.

Helga wich erschrocken zurück. »Tut mir leid. Ich weiß nicht, was in mich gefahren ist.« Hatte sie ihn wirklich geküsst? Ihre Wangen glühten. »Wie geht es dir?«, fragte sie schnell.

Sem grinste schief. »Bin okay. Wo steckt Japhet?«

Zuletzt saß er auf Swetlanas Rücken.

»Später«, sagte sie knapp. »Erzähl! Was ist passiert?«

Sem hob die Schultern. »Wenn ich das wüsste.«

»Warum gibt sich jemand als dein Vater aus und, und ...«

»Mischt mir Gift ins Wasser?«

»Gift?«, rief Helga.

»Vermutlich. Die Ärzte sind sich nicht ganz sicher.«

»Was wollte der Mann von dir?«

»Er quasselte irgendetwas von einem Rad der Zeit, sagte, ich solle mit den Spielchen aufhören und ihm die Wahrheit sagen.« Sem stockte. »Dann ... dann flößte er mir dieses Zeugs ein.«

Die Tür quietschte und Frater Teo trat ins Krankenzimmer. »Sie wollen dich eine Woche zur Beobachtung hierbehalten«, sagte er nur.

»Eine Woche?« Helga verschlug es die Sprache. Die letzte Ferienwoche!

Sem blickte bettelnd zu dem Mönch. »Kann ich nicht zu Mutter Henriette?«

Teo schüttelte den Kopf. »Mutter Henriette ist Krankenschwester und keine Ärztin. Und bei einem anaphylaktischen Schock gibt es gewisse ...«

»Geht es nicht trotzdem?«, unterbrach Sem den Mönch.

Teo massierte sein Kinn. »Ich werde mit Pater Pius sprechen. Morgen.« Er gab Helga ein Zeichen aufzustehen. »Sem soll sich ausruhen, und wir werden gehen.«

»Aber ...«, begann Helga.

»Keine Widerrede.«

Zurück im Wagen glaubte sie an eine Sinnestäuschung. »Das ist doch ...« Sie schnallte sich wieder los.

Frater Teo sah sie fragend an.

»Da vorne am Baum steht Swetlana!«

Frater Teo wischte über die Windschutzscheibe, die leicht angelaufen war. »Tatsächlich«, murmelte er.

Helga riss die Autotür auf und lief über den Parkplatz. Wenn Swetlana hier war, dann konnte Japhet auch nicht weit sein. Außer ...

Außer jemand hatte versucht Sem umzubringen. Was wenn dieser Jemand ..., wenn Japhet ...

Sem war immer noch in Gefahr!

Sie rannte durch das Foyer, die Treppen hoch, in den dritten Stock, die Station entlang, bis zur Tür Nummer 19. Sie stand offen.

Langsam trat sie ein.

Als sie Japhet und Sem hinter dem Paravent reden hörte, fiel ihr ein Stein vom Herzen.

Sie hatte sich umsonst gesorgt. Aber worüber sprachen sie?

»Helga hat mich geküsst«, sagte Sem in diesem Moment.

Sie blieb abrupt stehen. Nach allem, was passiert war, hatten die beiden nichts Besseres zu tun, als über den Kuss zu quatschten?

Jungs!

Sie wollte sich bemerkbar machen, doch etwas hielt sie zurück. Es war unhöflich zu lauschen, aber in diesem Fall ...

»Erzähl, wie wars?«, fragte Japhet.

»Schrecklich«, sagte Sem.

Helga schluckte.

»Es hat sich total merkwürdig angefühlt. Irgendwie falsch. So als würde ich meine Schwester küssen. Verstehst du das?«

»Nein.« Japhet rutschte mit dem Stuhl über den Boden.

Die beiden schwiegen kurz.

»Dann wirst du sie also nicht noch einmal küssen?«, fragte Japhet schließlich.

»Nie wieder!«

Helga biss sich auf die Lippen. Sie hatte genug gehört, schlich rückwärts aus dem Zimmer und lehnte sich gegen den Türrahmen. Eigentlich müsste sie wütend sein. Und verletzt. Merkwürdigerweise war sie das nicht. Im Gegenteil. Sie war sogar erleichtert, denn sie fühlte genauso. Keine Ahnung, welcher Teufel sie geritten hatte, ihn zu küssen. Aber es war nicht richtig gewesen. Sem hatte es auf den Punkt gebracht. Sie atmete tief durch, dann klopfte sie.

Japhets Kopf fuhr um die Trennwand. »Helga?«

»Du bist noch da?« Sems Stimme dahinter.

»Ich habe Swetlana gesehen, unten am Parkplatz.« Sie ging zu ihnen. »Ist alles in Ordnung?«

Japhet öffnete den Mund, doch da hatte es Frater Teo auch endlich bis nach oben geschafft. Er atmete schwer. »Was ist hier los?«

Japhet sah betreten zu Boden. »Tut mir leid, dass ich mir Swetlana ausgeborgt habe.«

»Darüber sprechen wir noch.« Frater Teo räusperte sich. »Was ist mit dem Traktor?«

Japhet schluckte. »Naja, also, ähm ...« Er nestelte an seiner Kleidung.

»Heute noch!«

»Ich kann nichts dafür. Ehrlich. Der Verrückte ist einfach über die Böschung gebrettert.«

»Wie bitte?«

»Und dann zehn Meter tief in den Fluss gestürzt. Der Traktor ist Schrott.«

»Und der Mann?«

Japhet zuckte die Schultern.

Frater Teo atmete tief durch. »Gut, dass ich das nicht Pater Rubens erklären muss«, murmelte er. »Er wird Pius den Kopf abreißen.«

Helga beugte sich über Sem. »Geht's dir gut?« Er war plötzlich ganz still geworden. Sie fuhr ihm über die Stirn. Kalt. Sein Gesicht war aschgrau.

»Was ist los?«, fragte Japhet.

Sem antwortete nicht.

Helga drückte den roten Knopf am Schalter, der über dem Bett baumelte.

»Sem? Sag doch was?« Japhet schüttelte ihn.

»Wo bleibt der Arzt?« Helga drückte nochmal auf den roten Knopf. Und nochmal.

Frater Teo lief zur Tür.

Eine Krankenschwester öffnete sie im selben Moment.

Da packte Sem Helgas und Japhets Arm. »Ich ... Danke!« Dann schloss er die Augen.

»Sem?!«

»Macht Platz!« Die Schwester beugte sich über ihn.

»Was ist mit ihm?«, schrie Japhet.

Die Krankenschwester hantierte an einem Gerät hinter dem Bett und zog Sem eine Sauerstoffmaske über die Nase. Ein kleines blaues Teil schob sie über Sems Fingerkuppe.

Das Gerät piepste.

Ein Arzt stürmte ins Zimmer und blickte auf den Monitor. »Zwei Ampullen Epinephrin und den Notfallkoffer!«

Die Schwester eilte davon.

Helga zitterte. Was ging hier vor?

Das Piepsen verwandelte sich in einen langen anhaltenden Ton. Am Monitor erschien eine gerade Linie.

Helga hatte genug Filme gesehen, um zu wissen, was das bedeutete.

Ein Bild aus ihrer Vergangenheit blitzte vor ihr auf. Plötzlich hatte sie wieder dieses Lied im Kopf.

»If you're happy and you know it clap your hands.«

»Wo bleibt die Schwester, die Spritze?

»If you're happy and you know it and you really want to show it, if you're happy and you know it clap your hands.«

Japhet riss die Decke von Sem. »Na los. Pumpen Sie!«

Der Arzt rührte sich nicht.

»Helga, Felix, singt mit!«

»If you're happy and you know it stomp your feet.«

Japhet drückte auf Sems Brustkorb. Zwei Mal. Drei Mal. »Vier! Fünf! Sechs!«

»Pass auf die Straße auf!«

Die Schwester kam zurück. Die Spitze der Nadel zeigte nach oben.

Der Arzt starrte sie an, zwei, drei Sekunden lang, dann schüttete er den Kopf.

Quietschende Reifen. Hupen.

Die Schwester senkte den Arm mit der Spritze in der Hand.

Zwei grelle Scheinwerfer.

»Mein Gott«, hauchte Teo und bekreuzigte sich.

Blech auf Blech.

Schluss, aus und vorbei.

Helga schluchzte, glitt zu Boden.

Doch Japhet hörte nicht auf, auf Sems Brustkorb zu drücken. Er drückte immer fester.

Immer weiter.

Immer fort.

Sie mussten ihn zu zweit von ihm zerren. Er schrie.

Es war ein Schrei voll Trauer, Wut und Verzweiflung. Ein gewaltiges Aufbäumen, ein jämmerliches Wimmern. Er schmerzte nicht in den Ohren, er schmerzte in der Seele.

Helga lag am Boden, unfähig aufzustehen, sich zu bewegen, ihm zu helfen. Um sie kümmerte sich niemand.

Wie damals.

»Schafft das Kind weg! Schafft doch endlich einer das Kind weg!«

Wozu auch? Sie war am Leben.

Sem war tot.

Allein

Helga lebte die nächsten Tage unter einer Kuppel aus Milchglas.

Sie nahm alles nur entfernt wahr.

Das CuraNaus. Die Mönche. Die Nonnen. Japhet. Die anderen Kinder. Ihre Stimmen. Pater Pius' Hand. Japhets Wutausbrüche.

Was war Wirklichkeit, was Traum?

Immer wieder sah sie ihn vor sich. Sem.

Im Bett. Schlafend unter der Decke.

Im Klassenzimmer. Hochkonzentriert.

Auf der Wiese. Lachend, die Hände hinter dem Kopf verschränkt.

Seine Ankunft im CuraNaus, die kalte Dusche zum Einstand, die Tage unter ihrem Baum, das gemeinsame Lernen, die Flucht aus dem Kloster, die Zeit im Krankenzimmer, ihren Ausflug in die Stadt, Japhets Versteck, das Essen beim McDonalds, die Geburtstagstorte, den Kuss ...

Und dann den Sarg. Er sah so friedlich darin aus. Als würde er schlafen.

Nur schlafen.

Er konnte nicht tot sein!

Nicht wirklich.

Warum stand dann aber sein Name auf dem Grabstein?

Sie war nur mit halbem Kopf dabei gewesen. Bei der Beerdigung. Als der Sarg hinabgelassen wurde? Immer tiefer. Und tiefer. Und tiefer. Und ...

Es war ein scheußlicher Tag gewesen, ein kalter, regnerischer Tag. Mit diesem Zwischenfall am Ende der Trauerfeier.

Feier? Als ob das Ganze etwas mit einer Feier zu tun hatte.

»Dein Wille geschehe«, hatte Pater Rubens gesagt. Nicht schon wieder!

Kurz darauf war Japhet ausgerastet. »Was für ein hirnverbrannter Scheiß.«

Es war das letzte Mal, dass sie ihn gesehen hatte. Er wurde nach Zokling geschickt. Ein paar Tage früher als geplant.

Nicht einmal verabschiedet hatte er sich.

Oder erinnerte sie sich nicht mehr daran?

Sie konnte es nicht sagen, wusste nur, dass sie nicht geweint hatte.

Helga schluchzte leise auf. Ihre Sicht verschwamm, und trotzdem rann immer noch keine Träne aus ihren Augen.

Was war nur los mit ihr? Hatte sie Sem so wenig geliebt, dass sie nicht mal um ihn weinen konnte? Oder war ihr Herz, nach dem Tod ihrer Familie, zu einem emotionslosen Klumpen verkümmert? Sie wischte sich die Nase an ihrem Shirt ab.

Sie musste stark sein.

Einen Tag bevor sie ins Internat kam, erfuhr sie die Todesursache.

Zwei Toxine wurden in Sems Blut nachgewiesen. Ein schnellwirksames Gift, das mit einem Antitoxin abgewehrt werden konnte, und ein langsamwirksames Gift, wofür es kein Gegenmittel gab. Von irgendwelchen Kirschen war die Rede gewesen. Keine Tollkirschen oder so, sondern normal aussehende Kirschen. Sie hatte sich den Namen nicht gemerkt. Egal. Die Ärzte hätten nichts für ihn tun können. Auch wenn sie die Zusammensetzung eher gekannt hätten, wenn das Laborergebnis früher gekommen wäre.

Als ob das noch eine Bedeutung hätte.

Es war auch kein Trost, dass der Mann, der für Sems Tod verantwortlich war, ebenfalls tot war. Vor einigen Tagen war er zusammen mit dem Traktor aus dem Fluss gefischt worden. Seine Identität unbekannt. Helga würde nie erfahren, warum Sem sterben musste.

Doch was machte das für einen Unterschied?

Keinen.

Nicht den Geringsten.

Ein Stück Seife knallte gegen den Spiegel im Badezimmer. Ihr Spiegelbild bekam einen Riss. Wie passend.

Wenn sie Glück hatte, bemerkten die Mönche den Sprung erst, wenn sie weg war.

Wenn nicht, würde sie die letzte Nacht im Karzer verbringen.

Egal.

Alles egal.

Mechanisch ging sie zurück ins Zimmer. Das Josefsbild hing schon seit einigen Tagen schief. Sie schob es nicht gerade.

Wozu?

Sie musste alles hinter sich lassen. Sem. Japhet. Das CuraNaus. Wenn sie das nicht schaffte, würde sie alles,

42

wofür sie in den letzten Jahren hingearbeitet hatte, verlieren.

»Was mühst du dich eigentlich so ab? Ist es nicht scheißegal, in welche Schule du kommst? Muss es unbedingt die Adele Baumgartner sein? Und was machst du, wenn du es nicht dorthin schaffst?«

»Ich schaffe es!«

»Und wenn nicht?«

»Hört auf zu streiten!«

Sie schüttelte die Erinnerung ab. Wollte Sems Stimme nicht mehr hören.

Sie musste die Vergangenheit hinter sich lassen.

Schon einmal hatte sie es geschafft, sie würde es wieder schaffen.

Am nächsten Tag stieg sie in den Bus.

Oktober

November

Dezember

(Jan)uar

Die Monate im Internat machte sie alltägliche Dinge.
Aufstehen. Anziehen. Zähneputzen. Haare waschen. Essen. Trinken. Schlafen. Als würde sie neben sich stehen.
Als hätte jemand ihren Körper in Wachs getaucht, das keine Berührung, keine Emotion durchließ.

Dann wurde sie zur Direktorin zitiert. Warum? Niemand wurde das, der sich einigermaßen zu benehmen wusste. Doch in der letzten Unterrichtsstunde hatte ihre Klassenlehrerin sie aufgefordert, sich bei Lydia Novak zu melden.

Helga kannte sie nur von den Besuchen im CuraNaus. Hier hatte sie die Direktorin noch nie zu Gesicht bekommen.

Sie sah kurz über ihre Schulter, ehe sie das Büro betrat.

»Schön, dass du hier bist, Helga«, sagte die Direktorin.
»Sei so freundlich und mach die Tür hinter dir zu.« Sie thronte wie eine Kobra hinter einem großen alten Sekretär, der von handschriftlichen Notizen überquoll. Darauf standen Parfum, Nagellack, Haarspray, Hautcreme, Deodorant und bunte Medikamentenschachteln. Kein Holz der Tischplatte war zu sehen. Hinter ihr hing das Bild des Bundeskanzlers, halb von einem Zitrusbaum mit welken Blättern verdeckt. Frau Novak winkte Helga zu sich. Ihre Nägel waren frisch lackiert und glänzten feucht. »Setz dich!«

Helga huschte in den Raum und nahm auf einen der Stühle vor dem Schreibtisch Platz.

»Du kannst dir sicher denken, warum du hier bist.«
Helga schüttelte den Kopf.

»Du kannst es dir nicht denken?« Die Direktorin schnalzte mit der Zunge.

»Sind meine Leistungen nicht zufriedenstellend?«, fragte Helga. Sie hatte in den letzten drei Monaten nichts anderes getan, als zu lernen.

»Die sind in Ordnung, meine Liebe. Darum geht es nicht.«

Worum ging es dann?

»Deine Klassenlehrerin hat mich auf dich aufmerksam gemacht. Sie ist besorgt. Und nachdem ich dich beobachtet habe, bin ich das auch.«

»Sie ... Sie haben mich beobachtet?«

»Wir machen uns Sorgen wegen deines Sozialverhaltens.«

»Was stimmt damit nicht?«

»Du hast kaum Kontakt zu anderen Schülern.«

»Doch. Sicher. Manchmal«, verteidigte sich Helga. »Im Unterricht andauernd.«

»Aber außerhalb des Unterrichts selten.«

»Da muss ich lernen. Den Lesestoff nachholen. Aufgaben machen.«

»Deine Probleme lösen sich nicht, wenn du sie ignorierst.«

Wovon sprach die Direktorin? »Reicht es nicht, dass ich gute Noten habe?«

»Nein, das reicht nicht. In den Empfehlungsschreiben für die Universitäten, müssen wir auch das Sozialveralten bewerten.«

»Bis zur Uni dauert es doch noch Jahre.«

»Die Zeit vergeht schnell. Und an Universitäten sind Einzelgänger nicht gerne gesehen.«

»Das bin ich auch nicht«, verteidigte sich Helga.

»Nein?« Frau Novak reichte ihr ein Blatt Papier und zeigte auf einen Kugelschreiber. »Ich will ehrliche Antworten!«

Helga runzelte die Stirn. Ein Fragebogen?

Sie las. Aufmerksam.

Begann von vorne.

Schließlich schüttelte sie den Kopf.

Diese Fragen waren ihr schon einmal gestellt worden.

Helga schluckte. »Denken Sie, dass ich verrückt bin, oder mir etwas antun könnte?« Sie hatte nie auch nur eine Andeutung gemacht. Außer beim Beten.

Manchmal möchte ich in tiefes Wasser springen und nie wieder auftauchen.

Aber was sie dem Heiligen Josef anvertraute, ging niemandem etwas an.

Helga schlug mit der Faust auf den Tisch. Ein Zettel flatterte auf den Boden. Erschrocken starrte sie auf ihre Hände, verwundert über ihren Gefühlsausbruch.

»Na, na, na.« Die Direktorin schüttelte den Kopf.

»Tut mir leid. Ich ..., das wollte ich nicht.« Sie bückte sich, um den Zettel aufzuheben.

»Schon gut«, sagte die Direktorin freundlich, aber ihr Lächeln erreichte die Augen nicht. »Ich dachte mir schon, dass eine Welle unterdrückter Aggressionen in dir schlummert.«

Helga riss die Augen auf.

»Wer sagt mir, dass du nicht eines Tages aufs Dach kletterst, und ...«

Helga unterbrach sie. »Ich weiß nicht, was Sie gehört haben, aber als ein gläubiger Mensch werde ich sicher nicht auf das Himmelreich verzichten und das Wiedersehen mit meiner Familie aufs Spiel setzen!« Ihre Stimme war laut und fest.

Die Direktorin lächelte zufrieden. »Das wollte ich hören. Und jetzt versuche offener zu werden! Es wird dir gefallen.«

»Aber ...«

»Fang beim Essen an.«

Helga seufzte, dann nickte sie.

Die Direktorin tippte auf den Fragebogen. »Den musst du trotzdem ausfüllen.«

Als Helga fertig war, kehrte sie ins Klassenzimmer zurück. Der Unterricht war vorbei. Doch sie hatte keine Lust ins Zimmer zu gehen und in die falschen Augen ihrer Zimmerkolleginnen zu sehen. Wer hatte der Direktorin gesteckt, wie sie sich fühlte?

Kerstin? Tanja? Rike? Eine der Dreien musste es gewesen sein? Sie waren die Einzigen, die sie beim Beten gehört haben konnten. Aber warum? Hatte sie ihnen je etwas getan?

Sie war immer freundlich gewesen. Keine Wortlawinen, seit sie hier war. Und trotzdem ...

Sie biss die Zähne zusammen. Einfach zur Direktorin laufen und haltlose Behauptungen in den Raum werfen. Das war das Allerletzte. Tränen tropften auf ihr Shirt. Sie fuhr sich erschrocken ins Gesicht.

Sie hatte seit Sems Tod nicht mehr geweint.

Helga fischte ein Taschentuch aus ihrer Jeans und schnäuzte sich.

Tränen sind der kürzeste Weg, zur Freude zurückzufinden. Sie wusste nicht, von wem der Spruch stammte. Aber es stimmte.

Zum ersten Mal, seit sie hier war, nahm Helga das Internat bewusst wahr.

Es war ein hässlicher, ziegelroter Kasten mitten in Fernstadt. Der matte Anstrich und die vielen runden und eckigen Schornsteine auf dem flachen Dach erinnerten eher an eine Fabrik als an eine Schule.

Sie ging von den Klassenräumen über den Innenhof zum Internatstrakt. Der Weg kam ihr doppelt so lange vor. Als sie die Eingangshalle betrat, fiel ihr zum ersten Mal auf, was dort an der Decke baumelte. Papierkraniche. Es mussten an die Tausend sein. In allen Farben und Größen. Wer hatte sie gebastelt?

Sie ging zur breiten Holztreppe, die sechs Stockwerke nach oben führte. Die abgelaufenen und knarzenden Stufen kamen ihr diesmal viel steiler vor. Plötzlich war alles so viel intensiver. Sie starrte auf den kunstvoll geschnitzten Handlauf und die Bilder an der Wand. Originalgetreue Nachbildungen großer Meister. Van Gogh, Dürer, Rembrandt, Rubens.

Fasziniert wanderte sie von Bild zu Bild, bis sie plötzlich vor der Dachbodentüre stand. Kalte Luft kam durch die Ritze unter der Tür. Sie hätte im fünften Stock rechts abbiegen müssen. In den Mädchentrakt. Hier oben hatte sie nichts verloren. Sie wollte gerade umkehren, als die Tür aufging. Ein dunkelhäutiger Junge stand vor ihr. In Patricias Alter.

»Verdammt, wer bist du denn?« Er packte ihr Handgelenk.

Sie versuchte, sich aus seinem Griff zu befreien, doch er war kräftiger, als er aussah. »Du tust mir weh.«

»Sei still.« Der Junge blickte zwischen Tür und Treppe hin und her. Zwei Stockwerke unter ihnen lachte jemand.

»Komm mit!« Er zog sie hinter die Tür und schloss diese.

Durch einzelne Glasziegel fiel das Licht auf aufgestapelte Kisten, ausrangierte Möbel, auf Schränke, Betten, angenagte Kleider, Schuhe und ein Stapel Matratzen, aus denen von allen Seiten Stroh quoll. Dazwischen Rattenhaare und Fledermausdreck. Ein Paradies für Kleinsäugetiere.

Eine dicke Staubschicht bedeckte den knarrenden Dielenboden, Spinnweben hingen von den Deckenbalken. Es roch nach Holz, Staub und Mottenpulver.

Helga rümpfte die Nase. »Igitt. Lass mich endlich los!«

Der Junge starrte sie finster an, nahm aber seine Hände von ihr. »Denk nicht mal daran, abzuhauen!«

Helga schüttelte ihr Handgelenk. »Warum? Was hast du vor? Wer bist du überhaupt?«

»Das geht dich nichts an. Was hast du hier oben zu suchen?«

»Nichts«, antwortete sie wahrheitsgemäß. »Ich bin einfach zwei Stockwerke zu hoch gelaufen, ich wollte gerade umkehren als du ...«

»Ein Zufall also. Ich glaube nicht an Zufälle.« Er massierte sein Kinn. Sein Bartwuchs war noch sehr dünn aber bereits erkennbar. »Was mach ich jetzt mit dir?«

Helga schluckte. Wie meinte er das?

Da polterte es und Staub rieselte auf ihre Köpfe. »Wer war das?«, fragte Helga.

Der Junge starrte nach oben und seufzte. »So eine Scheiße. Da muss ich jetzt wohl durch. Komm mit!«

Helga runzelte die Stirn. »Wohin?«

»Wirst du schon sehen.«

Er führte sie quer über den verdreckten Dachboden zu einer Leiter, die an einem brüchigen Schornstein lehnte.

»Hoch mit dir!« Er klapste ihr auf den Po.

Helga verpasste ihm eine Ohrfeige. »Finger weg!«

»Au«, er fasste sich an die Wange. »Ich wollte nicht ...«

»Schon klar«, sagte sie nur.

Die Leiter endete auf halber Höhe. Und jetzt? Helga zögerte. Sollte sie etwa auf das Plateau zu ihrer Rechten springen? Die Bretter waren nicht einmal angenagelt.

»Die halten dich schon aus«, sagte er hinter ihr. Er hielt zwei Armlängen Abstand. So war es brav.

Sie hievte sich auf den Bretterboden.

Es knarrte.

»Alles okay?«

Helga nickte, doch als sie die Dachschräge registrierte, schlug ihr Herz höher. Genauso hatte auch der Zugang zu Japhets Versteck ausgesehen. In der Stadt. Sie war mit Sem dort gewesen. Letzten Sommer, als noch keiner von ihnen ahnte, dass ...

Die Erinnerung überrollte sie wie eine Lawine.

»Da rein?«, hatte sie gefragt.

Und Japhet hatte genickt. »Passt auf die Rattenscheiße auf.« Mit eingezogenem Kopf war er vorausgegangen. Über wackelige Bretter, lose Ziegel und Dreck.

»Das ist eklig. Schon mal was von Hantaviren gehört?« Sie war ihm trotzdem gefolgt.

Japhet hatte Sem dort das Feuerzeug geschenkt. Und Helga das silberne Medaillon, das sie um den Hals trug. Sie kehrte in die Gegenwart zurück und umschloss es fest.

»Da vorne. Wir sind gleich da.«

Eine rostige Tür erwartete sie am Ende des Bretterbodens. Helga runzelte die Stirn. Ein Ausgang? Hier oben? Wozu? Wohin führte er?

Aufs Dach?

Wollte er sie von dort oben hinunterstürzen? Das würde Frau Novak gefallen!

Warum hatte sie sich nicht mit Händen und Füßen geweigert, hier heraufzuklettern?

Er stieß sie nach draußen. Auf das riesige Flachdach.

Vier Köpfe fuhren herum. Zwei Jungs und zwei Mädchen. Die Mädchen saßen auf einer Bank aus zwei Ziegelsteinen und einem Brett, die Jungs hockten unter einer Satellitenschüssel, an der ein Vogelkäfig hing. Sie sprangen alle vier gleichzeitig auf. Der Rabe im Käfig kreischte.

»Was soll das, Ben?«, fragte ein Junge mit langen schwarzen Haaren. Helga kannte ihn, er hieß Markus, sein Foto hing an der Anschlagtafel, neben der Schulordnung und den Stundenplänen. Er war Schulsprecher und erste Ansprechperson bei Problemen.

»Sie kauerte vor der Tür, als ...«

»Ich *kauerte* überhaupt nicht«, fuhr Helga dem Jungen ins Wort. Ben!

»Doch das tat sie. Ich hatte keine Chance. Ich hab durch das Loch geguckt, bevor ich die Tür öffnete, aber da war niemand. Plötzlich stand sie vor mir. Ich glaube, sie hat gerade versucht, das Schloss aufzubrechen.«

Helga blitzte Ben giftig an. Sie hatte die Tür nicht einmal berührt. Was erzählte er da für einen Unsinn?

Markus trat vor Helga und musterte sie. »Ich kenne dich.«

Helga hielt seinem Blick stand.

»Erste Klasse, ziemlich verschlossen, sitzt immer allein beim Mittagstisch.«

Helga widersprach ihm nicht.

»Die ist total assi«, platzte eins der Mädchen heraus. Dunkle Haare, dunkler Blick.

Helga fuhr herum. Asozial? Das war ja wohl die Höhe.

»Warum hast du sie hier hoch gezerrt?«, wollte das zweite Mädchen von Ben wissen. Sie hatte sich die Kapuze ihres Pullovers tief ins Gesicht gezogen.

»Ich wusste nicht, was ich machen sollte?«, erwiderte Ben kleinlaut.

Markus schlug ihm mit der flachen Hand auf den Hinterkopf. »Idiot. Dafür gibt es Regeln.«

»Als ob er die kennen würde. Ben ist noch nicht so weit. Aber ihr wolltet ja nicht auf mich hören.« Das Mädchen mit dem Kapuzenpulli verschränkte die Arme vor der Brust.

»Warum kann ich nicht einfach gehen? Es interessiert mich doch überhaupt nicht, was ihr hier oben treibt«, meldete sich Helga zu Wort.

»Ja klar, damit sie zu Frau Direktor rennt und ihr erzählt, dass wir hier oben ...«

»Halt die Klappe«, zischten die beiden Mädchen den Jungen an, der sich bisher zurückgehalten hatte. Er hatte feuerrote Haare. Er verstummte und trat gegen eine leere Bierflasche, die über Zigarettenstummel rollte.

Helga konnte sich denken, was sie hier taten.

»Was soll der Lärm?« Ein weiterer Junge tauchte hinter einem der vielen Schornsteine auf. Hatte er dort hinten ein Nickerchen gemacht? Seine Haare standen in alle Richtungen.

Er kam auf sie zu, die Sonne im Rücken.

Helga kannte ihn.

Das war doch ...

Sie riss die Augen auf. Sem?! Sie schlug sich die Hand vor den Mund. Wie war das möglich?

»Sem!« Sie lief zu ihm. Rief noch einmal seinen Namen. »Sem!«

Gott, er war es. Sie zweifelte keine Sekunde daran.

Bis er vor ihr stand.

»Kann ich dir helfen?«, fragte der Junge. Er war natürlich nicht Sem. Sem war tot.

Alle glotzten sie an.

»Ich dachte ...« Sie senkte den Kopf. Wie peinlich. Wie hatte sie den Kerl nur mit Sem verwechseln können? Er sah ihm ähnlich, war aber mindestens zwei Jahre älter. Sie atmete schneller und ihr Mund fühlte sich trocken an.

»Ist schon okay.« Er streckte ihr die Hand entgegen. »Helga, nicht wahr?«

Sie nickte. Woher wusste er das?

Sie schüttelte seine Hand. Kurz nur, aber als er losließ, funkte es. Als hätte sie einen elektrischen Zaun berührt.

Er musste es ebenfalls gespürt haben, denn ein merkwürdiger Ausdruck huschte über sein Gesicht.

»Ich muss dann wohl Sem sein«, sagte er.

Helgas Gesichtszüge entglitten.

»Tut mir leid«, entschuldigte sich der Junge sofort. »Das sollte ein Scherz sein.« Er lächelte schief. »Ich bin Jan.«

»Klasse. Stellen wir uns jetzt alle vor, oder was?«, zischte das Kapuzenmädchen. Geistesabwesend strich sie über den Schnabel des Raben.

»Sei still«, sagte Jan. »Ich kümmere mich um sie.« Er nickte Markus zu, der sein Nicken erwiderte und einen Schritt zur Seite trat. Im Vorübergehen rempelte Jan Ben an, doch Ben sagte nichts.

»Komm«, sagte Jan zu Helga und öffnete die rostige Tür, die zurück zum Dachboden führte. »Das da oben ist nichts für dich.«

Der Brief

Es war kurz nach Neun. Helga und ihre Zimmerkolleginnen hatten bereits die Pyjamas an und lagen im Bett, als die Tür aufging.

»Wie süß. Geht ihr schon schlafen?«

Ohne Kapuzenpulli und mit offenen Haaren hätte sie das Mädchen im Türrahmen fast nicht erkannt.

»Ich muss mit Helga reden. Alle anderen raus!«

Kerstin, Tanja und Rike blinzelten das Mädchen über ihre Bettdecken gleichermaßen ungläubig an.

»Na macht schon, oder wollt ihr Ärger kriegen?«

Widerwillig räumten die Jüngeren vor der Älteren das Zimmer.

Helga schüttelte den Kopf, als die Tür hinter ihnen ins Schloss fiel. Was für ein pathetischer Auftritt.

»Überrascht?« Das Mädchen strich sich eine Locke aus dem Gesicht. Sie sah aus wie TinkerBell.

»Was willst du?«, fragte Helga.

TinkerBell verschränkte die Arme vor der Brust.

Wollte sie ihr Angst machen?

»Worüber habt ihr gesprochen?«

Helga runzelte die Stirn.

»Du und Jan. Nachdem er mit dir vom Dach geklettert ist.«

»Nicht viel.« Er hatte sie in den fünften Stock begleitet und gesagt, dass sie sich keine Sorgen machen müsse. Mehr nicht. Helga gähnte. »Ich bin müde.«

Tinker kam einen Schritt näher. »Du bist mutig.« Sie griff in ihre Jeans und zog eine kleine Dose heraus. »Mal sehen, wie dir das hier schmeckt.«

Helga reagierte sofort und riss den Kopf zur Seite, doch ein Spritzer aus der Dose landete in ihrem Gesicht.

Feuer!

Sie schnappte nach Luft, klatschte sich die Hände auf die Augen. »Aaahhhrrg, das brennt, das brennt.« Helga hatte einmal aus Versehen in eine Chilischote gebissen, danach hatte sie minutenlang das Gefühl gehabt zu ersticken. Jetzt hatte sie das Gefühl zu erblinden.

»Pfefferspray«, verkündete Tinker wie aus weiter Ferne.

»Warum?«, schrie Helga.

»Das erwartet dich, wenn du irgendjemanden von unserem Versteck erzählst. Verstanden?«

Helga schluckte. Sie hatte nie vorgehabt, sie zu verraten.

»Nicke, wenn du mich verstanden hast!«

Helga nickte.

»Dann ist ja alles klar.« Ihre Stimme entfernte sich, die Tür fiel ins Schloss.

TinkerBell war weg.

Helga versenkte ihren Kopf im Waschbecken. Wieder und wieder, tauchte nur auf, um Luft zu holen.

Das Zeugs brannte noch immer, obwohl bereits eine halbe Stunde vergangen war.

Jeden Augenblick konnte Frau Ringelrötel auftauchen, um zu kontrollieren, ob alle in ihren Betten lagen. Hoffentlich ließ der Schmerz bald nach.

Sie hatte nur eine winzige Menge abgekriegt, doch die reichte. Nicht auszudenken, eine ganze Ladung davon abzubekommen.

TinkerBell war zu weit gegangen! Hatte Helga Mitschuld? Sie tauchte auf, wischte sich das Wasser von den Haaren. Was wäre gewesen, wenn sie sich weniger ruppig gezeigt hätte?

Sie umklammerte das Waschbecken so fest, dass die Knöchel weiß hervortraten. Soviel zu Jans Versprechen, sie müsse sich keine Sorgen machen.

In dieser Nacht konnte Helga nicht schlafen. Sie war froh, als es endlich dämmerte. Sie stand auf, ging ins Bad und sah in den Spiegel. Ihre Augen waren gerötet, aber sie juckten nicht mehr. Sie sah wieder so scharf wie vor der gemeinen Attacke mit dem Pfefferspray.

Wie kam eine Sechzehnjährige überhaupt zu so einer Waffe? Waffen jeder Art waren laut Schulordnung nicht erlaubt und wurden wie Rauchen und Alkoholkonsum mit saftigen Strafen geahndet. Schlimmer erging es nur Mädchen im Jungentrakt und Jungen im Mädchentrakt, die mit einem sofortigen Schulausschluss zu rechnen hatten.

Soviel zu den Prioritäten der Direktorin.

Helga schlüpfte in ihre Klamotten und marschierte in den Grünen Saloon zum Frühstück.

Dort herrschte eine eigenartige Stimmung. Als läge irgendetwas in der Luft.

Oder bildete sie sich das ein?

Rike, Tanja und Kerstin saßen mit zusammengesteckten Köpfen an einem Tisch und tuschelten.

Helga konnte nichts verstehen.

Patricia passte sie am Buffet ab. »Ich hab gehört, du hattest gestern Abend Streit mit Nicole.«

Boa, ihre Zimmerkolleginnen waren echt ätzend. Die konnten nichts für sich behalten. Dabei hatte Helga sich extra bemüht, ihr Gesicht vor ihnen zu verbergen.

»Wenn du es gehört hast, wird es wohl stimmen«, antwortete sie. TinkerBell hieß Nicole.

»Was ist passiert?«, fragte Patricia.

»Warum willst du das wissen?« Sie interessierte sich doch sonst nicht für sie.

Patricia senkte die Stimme. »Du weißt etwas, nicht wahr?«

Helga nahm sich zwei Brote, Butter und Marmelade. »Ich weiß überhaupt nichts.« Vielleicht war Patricia von Nicole angeheuert worden? Und es handelte sich um einen Test. Um der lieben Helga auf den Zahn zu fühlen. Um zu sehen, ob sie dicht hielt.

In diesem Moment betrat Frau Ringelrötel den Saal.

»Melanie Zusack«, sagte sie laut und deutlich und winkte mit einem hellblauen Kuvert.

Das Mädchen sprang auf und riss ihr den Brief aus der Hand. Sie wurde fast täglich aufgerufen, um sich ihre Post abzuholen. Waren die Briefe von ihrem Freund? Oder von überfürsorglichen Eltern?

»Svenja Moritz«, fuhr die kleinwüchsige Erzieherin fort.

Helga nutzte die Gelegenheit, um vor Patricia zu flüchten und sich an einem vollen Tisch zu setzen, wo kein Platz mehr für eine neugierige Möchtegernfreundin war. Die Mädchen links und rechts von ihr starrten sie an, als hätte sie eine ansteckende Krankheit. Es war das erste Mal, dass sie sich nicht irgendwo alleine hinhockte.

»Helga Ham«, sagte Frau Ringelrötel laut, aber Helga reagierte erst, als sie ihren Namen wiederholte.

Sie musste sich verhört haben?

Ein Brief? Für sie? In ihrem Leben hatte sie noch keinen einzigen Brief bekommen. Wer sollte ihr schreiben? Es gab niemanden, der ...

Doch! Es gab jemanden der ihr geschrieben haben konnte.

Japhet!

Warum hatte sie nicht daran gedacht, ihm zu schreiben? Für ihn war der Verlust von Sem schließlich genauso schwer.

Wie es ihm wohl ging in der Zauberschule? Hatte er sich die letzten Monate auch in einem Schneckenhaus verkrochen?

Sie prüfte die Absenderadresse, als sie den Brief entgegennahm. Es gab keine. Wie sollte sie ihm dann zurückschreiben?

Helga schlitzte das Kuvert auf und starrte auf den Brief. Sie drehte ihn herum.

Beinahe musste sie lachen. Das passte. Japhet war noch nie sehr gesprächig gewesen, und mit Briefeschreiben hatte er es auch nicht.

Müssen uns treffen. Dringend. Samstag im ältesten Wasserturm Fernstadts, halb fünf, allein.

Kurz und knapp. Noch nicht einmal unterzeichnet hatte er den Zettel. Mehr war es nicht. Nur ein Zettel mit einer ausgefransten Seite. Hatte er das alabasterweiße Papier aus einem Schulheft gerissen? Dafür sprach auch die Linie, die durch den Zettel ging, wie bei einem Vokabelheft. Aber in einer grünen Farbe, die in den Augen fast schon weh tat. Mint.

Ihr fiel das Messer aus der Hand, mit dem sie den Brief geöffnet hatte. Es landete scheppernd vor den Schuhen eines Mädchens.

»Kannst du nicht aufpassen?«, zischte Svenja. Helga reagierte nicht. Wenn Japhet sich mit ihr treffen wollte, bedeutete das, dass er hier war. Und nicht in Berlin. War er schon wieder ausgerissen? Wann hörte er endlich damit auf? Er hatte sich doch so auf die Schule gefreut.

Sie schluckte.

Und wenn der Brief überhaupt nicht von Japhet war? Wenn er von Nicole war? Um sie außerhalb des Internates nochmal in die Zange zu nehmen?

Nein! Der Brief war von Japhet. Es war seine Schrift! Aus irgendeinem Grund wollte er sich mit ihr treffen. Im ältesten Wasserturm Fernstadts. Jetzt musste sie nur noch herausfinden, wo der war.

Sie steckte den Brief in ihre Jeans und ging zum Unterricht. Auf dem Weg dorthin begegnete sie Herrn Sauerzopf. Im Gegensatz zu Frater Cornelius war der Hausmeister des Adele Baumgartner Internates immer gut gelaunt, pfiff beim Putzen und Aufwischen vor sich hin und grüßte jeden freundlich. Er half, wo er konnte.

Helga blieb stehen. »Herr Sauerzopf«, sagte sie. »Darf ich Sie etwas fragen?«

»Das hast du gerade«, sagte der Hausmeister.

Helga lächelte. »Wissen Sie, ob es hier in der Nähe einen Wasserturm gibt?«

Sauerzopf nickte. »Sogar mehrere. Hochinteressante Bauwerke. Der Schanzenturm soll zu einem Hotel umgebaut werden.«

»Ist das der älteste Wasserturm Fernstadts?«, fragte Helga.

»Auf jeden Fall der größte«, sagte Sauerzopf. »Aber warum möchtest du das wissen?«

»Nur so«, log Helga. »Gibt es eine Möglichkeit das irgendwo nachzuschlagen?«

»Du könntest es im Internet versuchen. Gleich um die Ecke gibt es dieses neue Internetcafé. Aber das kennst du bestimmt.«

Helga lächelte gequält. Sie kannte es nicht. War noch nie draußen gewesen. Warum hatte ihr Japhet nicht einfach die Adresse genannt?

»Sonst noch etwas?«, fragte Sauerzopf.

»Danke«, sagte Helga und ging weiter. Sie war schon fast vor der Klassenzimmertür, als Rafik in sie hineinlief.

»He!«, rief sie. Ein Dutzend Bücher und Hefte knallten auf den Fußboden.

»Yeah, tut mir schrecklich leid«, sagte Rafik und bückte sich, um die Bücher aufzuheben.

Helga half ihm. »Was schleppst du da alles mit dir herum?« Sie reichte ihm ein Formelheft. »Mathe steht heute gar nicht auf dem Stundenplan.«

»Ich weiß, aber die Prüfung in zwei Tagen ...«

»Schaffst du locker.«

»Meinst du?« Er lächelte etwas weniger nervös. »Bist du auch so gespannt wie ich?«

Helga runzelte die Stirn.

»Die erste Klassenarbeit! Frau Kleist will sie uns heute zurückgeben.«

Stimmt. Sie hatten sie schon vor Weihnachten geschrieben, doch ihre Literaturlehrerin hatte sich mit der Benotung Zeit gelassen. Wie sie wohl abgeschnitten hatte?

Fünf Minuten später erfuhr sie es.

Und war enttäuscht.

Frau Kleist überreichte ihr die Klassenarbeit kommentarlos und ohne jeden Ausdruck im Gesicht.

Eine Drei?!

Helga überprüfte die Seiten auf Fehler, doch die Lehrerin hatte keinen einzigen Vermerk gemacht.

Die Gerüchte stimmten. Frau Kleist war eine gemeine alte Schachtel, bei der nur Götter Einser bekamen. Zweier nur Lehrer. Die beste Note, die ein Schüler bei ihr bekommen konnte, war eine Drei!

»Stimmt etwas nicht?«, fragte sie Helga auf ihren entgeisterten Blick hin.

Sie schüttelte den Kopf. Es war sinnlos, sich mit der Frau anzulegen.

Rafik sah das wohl anders. »Frechheit«, murmelte er eine Spur zu laut.

»Wie bitte?« Die Lehrerin riss ihm die Blätter aus der Hand und starrte ihn über ihre Halbmondbrille hinweg an. »Dann sehen wir nochmal nach.« Sie fuhr sich mit der

Zunge über die Lippen und nickte. »Mein Fehler.« Sie kritzelte eine Fünf über die Vier. »Am Thema vorbei«, sagte sie knapp, und knallte ihm die Arbeit auf die Finger.

Rafik guckte blöd aus der Wäsche, verbiss sich aber jeden weiteren Kommentar. Seine Augen glänzten feucht.

Helga biss die Zähne zusammen. Diese Hexe! Rafik paukte genauso viel wie sie.

Und wofür?

»Seite 57, im Buch«, sagte Frau Kleist und fuhr übergangslos mit dem Unterricht fort. Sie setzte sich auf den Lehrertisch, streifte ihre Stöckelschuhe ab und massierte sich die Beine, glitt mit den Zehen des einen Fußes über die Zehen des anderen Fußes. Die zehn Zentimeter hohen Absätze der Schuhe zeigten bedrohlich auf die Kinder. Die älteren Schüler erzählten, dass bei einem falschen Mucks die Schuhe durch das Klassenzimmer flogen. Helga hatte das nie geglaubt, doch nun zweifelte sie nicht mehr daran.

Warum gab es stets Lehrer wie sie? Sie wünschte sich jemand anderen in Literatur.

Mit Wünschen soll man vorsichtig sein.

Als Helga zu Mittag in den Speisesaal kam, stand die Küchentür sperrangelweit offen und der Koch lief aufgescheucht hin und her.

Es roch angebrannt. Ein Topf hatte zu lange auf dem Herd gestanden, und dessen Inhalt hatte sich auf die Platte ergossen.

Kein Grund zur Aufregung, doch vor der Essensausgabe drängelten sich die Schüler, als hätten sie Angst heute nichts zu bekommen.

Helga nahm sich ein Tablett und stellte sich in die Reihe.

Margarethe schöpfte Geschnetzeltes und Reis auf die Teller. Das, was in der Küche geschah, interessierte die Küchenhilfe nicht.

»Der Nächste«, wiederholte sie in monotoner Gleichgültigkeit. »Der Nächste.«

Als Helga an die Reihe kam, war vom Fleisch nur noch wenig übrig. Mit null Garantie auf Nachschub.

Sie setzte sich an einen der äußeren Tische neben der Wand und begann zu essen. Als sie fast fertig war, schabte ein Stuhl neben ihr über den Linoleumboden.

»Noch frei?«

Helga blickte hoch. Jan setzte sich, ohne eine Antwort abzuwarten.

»Helga legte das Besteck nieder und rückte zurück. »Ich wollte sowieso gerade gehen.«

»Nein, bleib«, sagte Jan.

Helga legte ihre Hände auf den Schoß. »Warum?« Wollte er sich für Nicoles Attacke entschuldigen? Das konnte er sich sparen!

»Ich habe die Sache für dich geregelt.«

Helga hätte beinahe laut aufgelacht. »Tatsächlich?« Sie sah ihm in die Augen.

»Hast du geweint?«, fragte Jan erschrocken. Er taxierte sie einen Augenblick ganz genau.

»Ob ich ...« Sein Blick ließ sie frösteln. Aber auf eine angenehme Art. Er wusste nichts von Nicoles Attacke.

»Warum glaubst du, dass ich euch nicht verpetze?«, fragte sie unvermittelt.

»So eine bist du nicht«, sagte Jan. »Wir könnten wegen dir in Teufels Küche kommen.«

»Deinetwegen«, murmelte Helga.

»Was?«, fragte Jan.

»Man sagt *deinetwegen,* nicht *wegen dir.*«

Er lachte.

»Was ist daran so witzig?«

»Nichts.« Er kratze sich am Hinterkopf. »Normalerweise bin ich es, der auf sowas hinweist.«

»Tatsächlich?«

Jan hob einen Finger. »Sprache ist Malerei für das Ohr.«

Helga starre ihn an. Verarschte er sie gerade? Sie räusperte sich. »So wie ich das sehe, trefft ihr euch am Dach, um dort ungestört zu Rauchen und zu Saufen.«

Jan nickte.

»Ihr könnt dafür von der Schule fliegen.«

Jan nickte abermals.

»Warum macht ihr es dann? Und was hat ein Vogel ...«

Jan unterbrach sie. »Keine Fragen.«

»Aber ...«

»Je weniger du weißt, desto besser. Sag mir, was *du* am Dachboden zu suchen hattest?«

»Ich habe einfach nicht darauf geachtet, wohin ich laufe. Wegen der Bilder an der Wand«, erkläre sie schnell. Sie wollte nicht vor ihm als Träumerin dastehen. »Ich habe gerade überlegt, ob das letzte Bild im Treppenhaus von Rembrandt oder Rubens ist, da stand plötzlich Ben vor mir.« Helga staunte über sich selbst. Sie hatte seit Monaten keine drei Sätze mehr hintereinander gesagt.

Jan fuhr sich mit der Zunge über seine Lippen. »Ich glaube dir.« Ein Grübchen bohrte sich in seine Wange.

Was unverschämt gut aussah. Die Röte stieg ihr ins Gesicht. Sie drehte den Kopf zur Seite.

»Wer ist Sem?« Die Frage kam ebenso plötzlich wie unerwartet.

»Das geht dich nichts an«, sagte Helga schroffer als beabsichtigt. Sie wollte nicht über Sem sprechen.

»Ist er dein Freund?«

Helga schluckte. Warum wollte er das wissen?

»Belästigt dich der Kerl?«, fragte plötzlich jemand hinter ihr. Sie drehte sich um und staunte über das angriffslustige Gesicht von Rafik. Es passte so gar nicht zu den beiden Schulbüchern, die unter seinem Arm klemmten. Anscheinend schleppte er diese jetzt auch zum Essen mit.

»Alles okay«, sagte Helga.

Rafik kniff die Augen zusammen. »Sicher?«

Helga nickte. Seit wann sorgte sich Rafik um ihr Wohlergehen?

»Yeah, wir vom CuraNaus müssen zusammenhalten.«

Das waren ja ganz neue Töne.

»Wenn du mich brauchst, ich bin in der Nähe.« Er ging zu einem freien Tisch und legte die Bücher ab.

»Dein Freund?«, fragte Jan.

»Mein Sitznachbar«, erklärte sie knapp. Das war das zweite Mal, dass er sie nach einem Freund fragte. War er etwa interessiert an ihr? Ein gutaussehender Typ wie Jan? Niemals.

»Ich habe keinen Freund«, sagte sie.

»Gut«, sagte Jan.

Im Wasserturm

Helga stand unter dem Wasserturm und staunte. Der Turm war riesig! Und alt.

Die Kuppel war halb abgedeckt und an sämtlichen Fenstern fehlten die Scheiben. Auf einer steinernen Platte vor dem Gebäude stand, dass der Turm 1837 nach Plänen von Alberto Wotan Richart entworfen und vom Ingenieur William Lindley erbaut worden war. Ein grüner Belag zog sich über eine blauweiße Tafel an der Wand. Ein Denkmalschutzschild?

Viel zu schützen gab es hier nicht. Der alte Wasserturm war nur noch eine Ruine.

Kein Wunder, dass sie nicht gleich hergefunden hatte und zweimal in die falsche Bahn gestiegen war. Hierfür interessierte sich niemand mehr.

Typisch Japhet. Es passte zu ihm, sich mit ihr an diesem gottverlassenen Ort zu treffen.

Helga blickte auf die Armbanduhr. Halb fünf. Sie war immer noch pünktlich. Sie sah sich nach allen Seiten um, aber weit und breit war niemand zu sehen.

Ob Japhet Hilfe brauchte? Ob er über Sem sprechen wollte? Hatte er herausgefunden, was passiert war?

Sie lehnte sich an einen rostigen Hydranten, seufzte.

Und wartete.

Fünfzehn Minuten. Zwanzig.

Wo steckte Japhet?

Sie missachtete das *Betreten verboten* Schild, kletterte über die Absperrung und ging um den Turm herum. Folgte zwei Reifenspuren von einem Fahrrad. Ob Japhet ...

Sie starrte auf die Tür.

Das Schloss war aufgebrochen!

Die Tür nur angelehnt!

Sie schob sie auf und steckte den Kopf hinein. »Japhet!«

Keine Antwort.

Sie kaute auf ihrem Daumennagel. Sollte sie ...

Schon stand sie mitten im Turm. Die Tür quietschte hinter ihr. Helga starrte die Treppe hoch, die sich an der Mauer gleichmäßig nach oben wandte, bis zu einem riesigen Wassertank. Wie ein Heißluftballon schwebte er knapp unter der Kuppel. Ob noch Wasser in dem Bottich war?

Licht spiegelte sich in einer alten Colaflasche vor ihr. Ein Zettel ragte aus dem Flaschenhals. Ein weiterer Brief? Es war dasselbe alabasterweiße Papier. Helga lief über den Bretterboden und ...

... brach ein.

Holz krachte und splitterte.

Wasser spritzte.

Helga ruderte mit den Armen, tauchte auf und schnappte nach Luft.

Was zum Kuckuck ...

Sie blinzelte sich das Nass aus den Augen und starrte zum Loch, durch das sie gefallen war.

Na toll.

Mit den Zehenspitzen tastete sie nach dem Boden, doch erreichte ihn nicht.

Wie tief mochte dieser Tank sein? Sie hatte keine Lust zu tauchen, um es zu prüfen. Das dreckige Wasser war seit Jahren nicht gewechselt worden.

Verdammt, wie hatte das passieren können? Ihre Kleider sogen sich voll wie ein Schwamm, doch sie dachte nicht daran, sie auszuziehen.

»Japhet?!«, brüllte sie.

Anstelle einer Antwort fiel die Tür ins Schloss.

Hatte der Wind sie zugeworfen?

Sie krallte sich an die glitschige Betonwand, rutschte ab. Mist. Gab es hier nichts, woran sie sich hochziehen konnte? Verstrebungen? Rohre?

Alleine würde sie hier nie wieder herauskommen.

»Hilfe!«, schrie sie. Doch hier war keiner. Und Japhet? Hätte er ihr einen Brief hinterlassen, wenn er noch mal wiederkommen würde? Sie konnte es nicht überprüfen. An die Nachricht kam sie nicht mehr ran. Die lag über ihr, auf einem morschen Bretterboden. Warum war sie auch so hastig hingesprungen? So unvorsichtig war sie doch sonst nicht.

Plötzlich ein Geräusch. Wie ein Staubsauger.

Helga schluckte. Das Wasser um sie herum zog Kreise. Dann spürte sie den Sog.

Etwas zog sie nach unten.

Sie erinnerte sich, wie sie als Kind Angst hatte, ihre Spielsachen könnten beim Baden in den Abfluss gespült werden.

»Keine Angst«, hatte ihre Mutter sie beruhigt, »das wird nicht passieren.« Und damit hatte sie natürlich recht. Die Spielsachen waren zu groß, der Abfluss zu eng.

Ob das hier genauso war?

Sie sah sich bereits mit einem Bein in einem Rohr stecken, unfähig es herauszuziehen.

Sie würde ertrinken, wenn sie sich nicht irgendwo festkrallte.

Aber wo?

Um besser schwimmen zu können, streifte sie nun doch die Jacke ab. Die trudelte augenblicklich nach unten. Helga kam nicht gegen die Strömung an.

»Hilfe«, krächzte sie. »Hiiiiieeelfe!«

Über ihr tauchte ein Schatten auf.

»Helga?«

Sie sah nach oben. Jan!?

Er lag auf den Brettern und streckte ihr die Hand entgegen. »Halt dich fest!«

Helga versuchte es, doch ihr Arm war zu kurz, der Sog zu stark.

»Warte.« Jan zog die Jacke aus, wickelte einen Ärmel um sein Handgelenk und warf den zweiten Helga zu.

Sie packte das rettende Kleidungsstück.

»Lass auf keinen Fall los!«, schrie Jan.

Das musste er ihr nicht zweimal sagen. »Werd ich nicht«, stöhnte sie.

Doch wie lange konnte sie sich noch halten? Jan würde sie nicht mit einer Jacke nach oben ziehen können.

Oder?

Er erreichte Helgas Handgelenk.

»Hab dich!« Er war stärker als sie vermutet hatte. Nahm die zweite Hand zur Hilfe. Zog. Brüllte. Zog

Plötzlich lag sie neben ihm auf dem Bretterboden.

Wie hatte er das geschafft?

Beide atmeten schwer, als sie ihre Köpfe zueinander drehten. Nur eine Handbreit voneinander entfernt. Seine

Nähe irritierte sie, gleichzeitig tat sie ihr gut. Trotz der nassen Sachen war ihr warm.

»Du hast mir das Leben gerettet«, sagte sie mit spröder Stimme.

»Was hattest du hier zu suchen?«, sagte er.

»Ich?« Das gleiche wollte sie von ihm wissen.

»Du hast jeden nach diesem Wasserturm gefragt«, erklärte Jan. »Als ich deinen Namen im Ausgangsbuch las, dachte ich mir, dass du hergefahren bist. Obwohl du etwas anderes geschrieben hast.«

Alle Schüler hatten sich beim Verlassen der Schule mit ihren Namen, der Uhrzeit und dem Ort, an den sie gedachten hinzugehen, auszutragen, damit die Lehrer wussten, wo sie zu finden seien. Das war Vorschrift! »Aber das erklärt immer noch nicht, warum du mir gefolgt bist?«

»Ich habe mir Sorgen gemacht. Du hast das Internat noch nie verlassen.«

Das klang nicht sehr überzeugend. Schließlich kannten sie sich kaum. »Ich glaube dir kein Wort.«

»Ich wollte nicht, dass dir was passiert. Vor allem als ich Nicoles Namen auch im Ausgangsbuch las.« Endlich rückte er mit der Wahrheit heraus. »Ich wollte sichergehen, dass sie dich in Ruhe lässt.«

Helga schluckte. »Du weißt Bescheid?«

»Du hast geschwätzige Zimmerkolleginnen. Es tut mir Leid. Wenn ich gewusst hätte, dass ... ich werde sie ...

»Lass gut sein!«, unterbrach Helga ihn.

»Aber ich ..., Scheiße, du blutest ja.«

Helga wischte das Blut auf ihrem Handrücken ab. »Nur ein Kratzer.«

Jan sah weg.

»Kannst du kein Blut sehen?« Statt eine Antwort abzuwarten, setzte sie sich auf. »Der Brief.«

»Was?«

Sie zeigte auf eine Stelle am gegenüberliegenden Ende. »Die Flasche ist nicht mehr da.«

»Wovon sprichst du?«

»Ein Freund wollte sich hier mit mir treffen, aber irgendetwas muss ihm dazwischengekommen sein. Er hat mir einen Brief dagelassen, in einer Flasche, aber jetzt ist sie weg.«

Jan runzelte die Stirn. »Sie wird ins Wasser gefallen sein.«

Das war möglich. »Jetzt werde ich nie erfahren, was er von mir wollte.«

»Wer? Sem?« Jan setzte sich ebenfalls auf.

»Das geht dich nichts an!«

Helga schluckte. Das war nicht fair. Er hatte ihr das Leben gerettet und sie ...

»Ich wollte nicht ...«

»Schon okay.«

Sie schwiegen eine Weile, dann meinte Helga: »Wir sollten zurückfahren.« Ihre Lippen zitterten.

Jan sprang auf. »Du frierst ja.«

»Nicht sehr.«

»Zieh dich aus!«

»Wie bitte?«

»Mit den nassen Sachen kannst du nirgendwo hin!«

»Nackt auch nicht.«

Jan zog seinen Hoodi aus. »Ich gebe dir meine.«

Helga blieb die Spucke weg, als er auch noch sein Shirt auszog. Kein Fleisch auf den Rippen. Nur Muskeln. Und feine Haare, die vom Nabel in seine Boxershorts führten.

Oh! Mein! Gott!

Sie drehte sich um.

Er drückte ihr die Kleider in die Hand. »Ich würde dir ja auch meine Hose geben, aber ...«

Sie schnappte nach Luft. Bloß nicht!

»Ich warte draußen«, sagte er, zog die leichte Jacke, mit der er sie gerettet hatte, über seinen nackten Oberkörper und verließ den Turm.

Helga starrte ihm nach. Als er weg war, drückte sie sich den Kapuzenpulli ins Gesicht und atmete Jans Duft ein.

Unglaublich!

Dann zog sie sich um. Die nassen Sachen wickelte sie zu einem Bündel zusammen. Dann verließ auch sie den Turm.

Als sie aus der Tür trat, starre Jan sie mit offenem Mund an.

»Was?«, fragte Helga.

Jan schloss den Mund. »Nichts. Aber wir sollten zu einem Taxistand, bevor alles steif wird.«

Sie erröteten beide.

Der nächste Taxistand war zum Glück nicht weit entfernt. Die Fahrt zum Internat dauerte zwanzig Minuten.

In der nassen und dreckigen Hose kam es ihr wie eine Ewigkeit vor.

Das Taxi hielt zwei Straßen vor dem Internat.

Helga sprang aus dem Auto. Konnte es nicht erwarten, dem strafenden Blick des Fahrers im Rückspiegel zu entkommen. Sie hatte sich erst hinsetzen dürfen, nachdem er eine Decke über ihren Platz ausgebreitet und am Boden einen Karton hingelegt hatte.

Jan bezahlte und knallte die Tür zu. Mit quietschenden Reifen fuhr das Taxi fort.

Helga bibberte. Eine Böe fuhr ihr durch die Haare.

»Wir nehmen den Hintereingang«, sagte Jan.

»Aber ...« Waren nicht alle Seitentüren versperrt? Nur am Samstag war es ihnen erlaubt, das Internat durch die Eingangshalle zu verlassen.

Jan schleuste sie zu einer rückwärtigen Kellertür, fischte etwas aus seiner Hosentasche, das wie eine Pinzette aussah, und schloss auf.

Ein Dietrich?!

»Woher ...«, stammelte sie.

Jan legte den Zeigefinger auf seine Lippen. »Zu keinem ein Wort.« Sie gingen hinein.

»Lauf sofort nach oben«, sagte er.

»Und was ist mit dir? Dem Ausgangsbuch? Ich muss eintragen, dass ich zurück bin.«

»Darum kümmere ich mich. Pass auf, dass dich keiner sieht.«

Helga nickte. »Also«, stammelte sie, die Hände in den nassen Hosentaschen.

»Also dann«, sagte Jan. Er winkte, ging nach draußen und schloss die Tür hinter sich ab.

Star Wars

Das heiße Wasser rann ihr über die Haare, das Gesicht, die Schultern, den Oberkörper und die Beine. Ihr Körper war mit Blutergüssen übersät. Der Kratzer am rechten Handrücken hatte wieder angefangen zu bluten, doch das störte sie nicht.

Vielmehr störte sie der Geruch.

Obwohl sie sich mehrmals von Kopf bis Fuß eingeseift hatte, roch sie immer noch die Kloake, in der sie fast ertrunken wäre.

Ohne Jan wäre sie jetzt tot. Ein wohliger Schauer lief ihr über den Rücken, als sie an ihren Lebensretter dachte. War er auch ohne Probleme in den Jungentrakt gekommen? Wärmte er sich auf? Unter einer warmen Dusche? Ihr Herz schlug schneller, als sie sich vorstellte, dass er nackt ...

Reiß dich zusammen!

Allein für ihren letzten Gedanken hätte man sie im CuraNaus in den Karzer gesteckt.

Helga drehte das Wasser ab, zog ein Handtuch vom Haken und stieg aus der Duschkabine. Sie trocknete sich ab und schlüpfte in den Bademantel.

Sie hatte sich gefreut, Japhet wiederzusehen. Doch der hatte sie versetzt. Wenn sie nur wüsste, worüber er mit ihr sprechen wollte? Der Brief war weg, mitsamt der Flasche ins Wasser gefallen! Würde er ihr noch mal schreiben? Warum hatte er sich ausgerechnet diesen bruchreifen Wasserturm für das Treffen ausgedacht?

Irgendetwas an der Geschichte kam ihr spanisch vor. Sie wollte sich die Haare föhnen, doch aus dem Föhn kam nur kalte Luft. Sie stopfte das Gerät zurück in den Badezimmerschrank.

»Na, wieder sauber?« Patricias Gesicht tauchte im Spiegel neben Helga auf.

»Kann man nicht einmal in Ruhe duschen?«, fragte Helga. Sie wickelte ein Handtuch über ihre Haare.

»Ich weiß gar nicht, was du hast.« Patricia warf die Hände in die Höhe. »Ich habe extra gewartet, bis du fertig bist.«

»Und warum, wenn ich fragen darf?« Was wollte sie von ihr? Drei Monate hatten sie kein Wort miteinander gewechselt und im CuraNaus waren sie sich aus dem Weg gegangen.

»Ich hab dich über den Gang huschen sehen.« Sie bückte sich, um Helgas Kleider aufzuheben.

»Fass die nicht an!«

»Ist das dein Hoodie?«

»Was willst du?«

»Erzähl mir, was passiert ist!« Sie hielt Helgas Hose mit zwei Fingern in die Luft. »Die stinkt zehn Kilometer gegen den Wind.«

Helga schlug sie ihr aus der Hand und wollte an ihr vorübergehen, aber Patricia verschränkte die Arme und versperrte ihr den Weg.

»Was hast du getan, um Nicoles Ärger auf dich zu ziehen?«

»Gar nichts!«

»Bullshit. Sie hat dich neulich attackiert. Und nun offensichtlich in den Fluss geschubst.« Ihr Zeigefinger bohrte sich in Helgas Brust. »Oder willst du mir etwas anderes erzählen?« Sie grinste. »Ich bin gut, was?«

Helga stieß Patricias Hand weg. »Du spinnst.«

»Sag das nochmal?«, blaffte Patricia. Sie trat gegen die nassen Kleider. Helga hob sie auf, zwängte sich an ihr vorbei und lief aus dem Badezimmer.

Patricia folgte ihr nicht. »Ich komme schon noch hinter dein Geheimnis.«

Am Sonntag setzte sich Jan beim Mittagessen wie selbstverständlich zu Helga an den Tisch. Viele Augenpaare beobachteten sie.

»Hey«, sagte er.

Hundert Schmetterlinge flatterten gleichzeitig auf. »Ich weiß nicht, ob das so klug ist«, sagte sie schnell.

»Was? Mich zu dir zu setzen?«, fragte Jan. »Das ist nicht verboten.« Er sah ihr mitten ins Gesicht. »Wie geht es dir?«

»Mir? Gut. Und dir? Auch? Ja?!« Was quasselte sie da? Sie fuhr sich über das Gesicht, die Haare ... *Sag etwas! Irgendetwas Kluges!*

»Hast du mich ausgetragen? Im Ausgangsbuch? Gestern?«

Seit wann sprach sie so abgehackt?

Jan nickte. »Klar. Das war einfach.« Er betrachtet den Kratzer auf ihrer Hand.

Helga folgte seinem Blick. »Nicht schlimm.«

»Du hattest Glück.«

»Ich weiß! Ohne dich ... Wie kann ich dir danken?«

»Du könntest nächsten Samstag mit mir ins Kino gehen.«

Helga riss die Augen auf.

»Also wenn du Lust hast.« Er hielt die Luft an.

Ob sie Lust hatte? »Ähm, ja«, stammelte sie.

Jan grinste von einem Ohr zum anderen.

Träumte sie? Hatten sie sich gerade verabredet? Das konnte nicht sein. Er war zwei Jahre älter, gutaussehend, und ...

Helga musterte den Flaum seiner Oberlippe. Sie nahm einen Bissen vom Auflauf und kaute.

Jan rührte sein Essen nicht an, sondern lächelte immer noch.

Da schob jemand sein Tablett lautstark zurück in den Servierwagen. Helga und Jan drehten sich reflexartig herum.

Rafik. »Alles in Ordnung?«, fragte Helga, als er an ihr vorüberging.

»Aber klar doch«, antwortete er.

Helga schüttelte den Kopf. Was war Rafik über die Leber gelaufen?

»Er steht auf dich«, sagte Jan.

»Was?« Helga legte ihre Gabel nieder. Wie konnte er sowas behaupten?

»Ich seh so etwas«, sagte Jan.

Helga schüttelte den Kopf. Sie kannte Rafik länger als er. Sie kamen im Unterricht gut miteinander aus, doch darüber hinaus, lief nichts zwischen ihnen. Oder hatte er ein einziges Mal Anstalten gemacht, sich beim Mittagstisch zu ihr zu setzen? Oder sie auf Sem angesprochen? Ihr Trost gespendet?

»Quatsch«, sagte sie und stand auf.

»Bis Samstag«, sagte Jan nur.

Helga öffnete den Kleiderschrank. T-Shirts, Pullis, Hosen, Unterwäsche und die Schulblusen. Nichts davon konnte sie anziehen. Warum hatte sie vom Wäschelager des CuraNauses kein Kleid mitgenommen? Oder wenigstens einen Rock? Sie sah zu den Schränken ihrer Zimmerkolleginnen. Ob sie Rike um ein Kleid bitten sollte? Sie waren ungefähr gleich groß. Tanja war um einen Kopf kleiner und Kerstin war zu dick.

Doch Rike würde sofort Fragen stellen. *Wozu brauchst du ein Kleid? Was hast du vor?* Darauf konnte sie verzichten.

Sie entschied sich, eine der weißen Blusen anzuziehen, die sie im Unterricht tragen mussten, und deren obere Knöpfe offenzulassen. Das war zwar verboten, aber unter der Jacke würde das keiner sehen. Sie erstarrte. Sie hatte keine Jacke mehr! Die war untergegangen. Na toll!

Sie öffnete das Fenster. Für die Jahreszeit war es ausgesprochen warm. Ein Winter ohne Schnee und Minusgrade. Aber ohne Jacke würde es ihr trotzdem zu kalt werden, vor allem, wenn die Sonne unterging. Einmal erfrieren reichte. Ihr blieb keine Wahl. Rike hatte genug Jacken. Und sie *darum* zu bitten, war einfacher als um ein Kleid.

»Kommt nicht in Frage«, sagte Rike zwei Tage später, als Helga endlich den Mut aufbrachte, sie zu fragen.

»Was ist mit deiner eigenen Jacke?«

»Die ist kaputt.«

»Und deshalb willst du meine auch ruinieren.«

»Ich ruiniere sie doch nicht.«

Rike ging zur Tür.

Helga seufzte. Sollte sie betteln?

»Was gibst du mir dafür?«, fragte Rike plötzlich ohne Helga anzusehen.

Helga horchte auf. Das hätte sie sich denken können.

»Wie viel willst du?«

»Ha, ich weiß doch, dass du kein Geld hast.« Rike überlegte. »Aber vielleicht werden wir uns trotzdem einig.« Sie drehte sich schwungvoll um und lehnte sich gegen die Tür.

Als ob Helga auch nur irgendetwas besaß, das Rike interessieren könnte.

»Also wenn du mir erzählst, warum dich Nicole neulich angegriffen hat, dann ...«

Helga starrte sie mit offenem Mund an.

»Informationen belohnt Patricia großzügig«, erklärte Rike.

Patricia! Toll! Die hatte also immer noch nicht aufgehört herumzuschnüffeln. Ob sie das Jan erzählen sollte?

»Also haben wir einen Deal?«

»Vergiss es!«

»Überleg es dir, du ...«

»Nein!«

»Okay.« Rike setzte sich zu Helga aufs Bett, dann sagte sie: »Deine Kette. Für die würde ich dir die Jacke schenken.«

Helga fuhr sich an den Hals, umfasste die Kette und zog sie aus ihrem Pullover. »Die ist von meiner Oma.«

»Na und?«

Helga umschloss den Anhänger, drückte ihn fest.

»Das Medaillon kannst du behalten. Ich will nur die Kette.«

»Die ist aber aus echtem Silber.«

»Eben.« Rike hielt ihr die offene Hand entgegen.

Helga schluckte. Sie mochte die Kette, aber solange sie den Anhänger mit dem Bild ihrer Familie darin behalten durfte, war der Verlust ertragbar. Schließlich brauchte sie eine Jacke.

»Okay«, sagte sie deshalb, fädelte den Anhänger von der Kette und steckte ihn ein. »Hier.«

Rike nahm die Kette lächelnd entgegen. »Schön, Geschäfte zu machen.«

In der Eingangshalle vor dem Büro standen die Schüler Schlange. In aller Ruhe musterte Herr Pridel einen nach dem anderen, ehe er ihnen das Ausgangsbuch entgegen schob. Hin und wieder kontrollierte er die Einträge, nickte dann oder schüttelte den Kopf.

»Kommt nicht in Frage«, sagte er zu einem Jungen und wenig später zu einem Mädchen: »Nicht damit, mein Fräulein.«

Herr Pridel war streng aber gerecht. Mit seinen weißen Haaren und dem Rauschebart wirkte er uralt. Obwohl der ehemalige Lehrer immer wieder beteuerte, den Dienst als Anstandsdame nur noch so lange auszuüben, bis er in Rente ging, war sich Helga sicher, dass er den Job gerne machte.

»Schönen Ausgang. Schönen Ausgang«, wünschte er jedem, der die Schule verließ.

Jan hatte sich noch nicht in die Schlange eingereiht, sondern unterhielt sich in einer Ecke mit Markus. Stritten die beiden?

Helga hörte ihren Namen, lauschte.

»Gut dann eben Morgen. Sechs Uhr, am Dach!«

Als sie sie bemerkten, endete das Gespräch abrupt.

»Hey«, sagte sie verlegen und kratze sich am Hals. »Bin ich zu früh?«

Jan strahlte. Seine weißen Zähne blitzen. »Überhaupt nicht.«

Er trug eine enge Jeans, die an den Knien etwas ausgefranst war, und eine schwarze Lederjacke mit Flicken.

Wahnsinn!

Markus sah von Helga zu Jan und schüttelte den Kopf. »Nicht vergessen!« Dann dampfte er ab.

»Können wir?«, fragte Jan.

Sie nickte.

Der Bus hielt vor dem Kino. Es war halb sechs. Der Film begann um sechs. Noch genug Zeit, um die Filmplakate auf den Fensterscheiben anzusehen.

Jan studierte das Plakat vor ihm. *Die dunkle Bedrohung.*

Helga studierte währenddessen seine Lippen. Sie waren voll und weich und feucht.

Oh Gott, was, wenn er sie jetzt küssen wollte? Was wenn nicht? Sie schüttelte den Kopf. Was hatte sie eingeatmet? Nicoles Pfefferspray? So etwas interessierte sie doch gar nicht. Nicht seit ...

Sie musste an den Kuss mit Sem denken. Ihren ersten Kuss! Er hatte sich falsch angefühlt. Ob es bei Jan genauso war?

»Woran denkst du?«

Helga lief knallrot an. Bestimmt hatte er mitbekommen, dass sie seinen Mund angestarrt hatte, die ebenmäßigen Zähne, seinen Bartflaum ... War er schon bei der Kinokasse gewesen?

»Warte ich nehme dir deine Jacke ab«, sagte Jan.

Helga reichte sie ihm wortlos.

Jans Blick blieb einen Moment länger als nötig an ihr hängen. »Du siehst gut aus.«

Helga schluckte. Meinte er das ernst? Diese Klamotten waren nur eine Notlösung. »Wohin müssen wir?«

»Saal 7.«

Helga war in ihrem Leben noch nie im Kino gewesen, doch sie wusste, dass sich der dunkle Ort perfekt zum Knutschen eignete. Sie konnte es nicht erwarten.

Stopp!

Es war viel zu früh, um ... es war überhaupt zu früh, um ...

Jan fuhr immer wieder mit der Zunge über seine Lippen.

Quatsch, das bildete sie sich nur ein. Da bemerkte sie erst, wie trocken ihre eigenen Lippen waren.

Ein Mann entwertete die Karten. »Reihe zwölf.«

Jan griff nach Helgas Hand und verschränkte seine Finger in ihre. Sie grinste unwillkürlich.

Jan führte sie die dunklen Treppen hoch. Die Leinwand war noch schwarz.

Er klappte ihr den Sitz herunter. Zitterte seine Hand? Zitterte ihre? War ihr kalt? Schwitze sie? Wo hatte Jan ihre Jacke hingetan? Blöde Gedanken.

Sie setzten sich.

»Bin gespannt, ob Episode 1 an die Star Wars Trilogie herankommt«, sagte Jan.

»Ich auch«, murmelte Helga.

Er blickte zu ihr, auf die Leinwand, wieder zu ihr. »Du hast gesagt, du fandest den Mittelteil am stärksten?«

»Was?« Ja! Hatte sie? In Wahrheit kannte sie die Filme nur vom Hörensagen.

Jan räusperte sich. »Du, du hast ... da was.« Er wischte ihr sanft über die Wange. »Schon weg.«

Helga schluckte, als er sich zu ihr beugte. Nur wenig, dann mehr.

Was hatte er vor? Sie roch seinen warmen Atem.

»Popcorn?«, fragte sie, und hielt ihm die Tüte vor die Nase.

Im selben Moment setzte die Musik ein und der Film startete.

Jemand räusperte sich hinter ihnen. Helga rückte von Jan ab und lehnte sich zurück.

Sie war außerstande sich auf die Schrift zu konzentrieren, die auf der Leinwand erschien. Weiße Buchstaben, die nach und nach ins Bild gesogen wurden.

Wenn sie jetzt ...

Nein. Jan wollte den Anfang bestimmt nicht verpassen. Oder? Sah er überhaupt hin? Sie schaffte es nicht, den Kopf in seine Richtung zu drehen.

Ein Planet tauchte auf. Dann das Innere von einem Raumschiff. Oder war es ein Stützpunkt? Die Zentrale der Jedi Ritter? So hießen diese Leute doch? Ein Roboter dackelte über den Boden. Dann zwei Männer in Kutten.

Kutten!?

Ihr Herz pochte.

Wenn das kein Zeichen war. Sie presste sich in den Sitz. Die Mönche passten auch im Kino auf.

Nur ein Traum?

Der Mond hing wie ein imperialer Todesstern über dem Adele Baumgartner Institut. Sie stiegen aus dem Bus.

Helga starrte Jan unsicher an.

»Also dann ...«, sagte er endlich, nachdem er die ganze Rückfahrt geschwiegen hatte. »Wir sollten ...«

Helga schluckte. Es war klar, was jetzt kommen würde. Er würde sagen, dass er sie nicht hätte einladen sollen und dass sie zu jung für ihn war. Na ja, vielleicht nicht so direkt, aber sowas in der Art. Warum war sie auch zurückgewichen, als er sie küssen wollte?

Hastig plapperte sie drauf los. »Das war ein super Film. Findest du nicht? Vor allem das Pod-Rennen mit Anakin. Unvorstellbar, dass dieser kleine Junge mal böse wird. Er wird doch zu Dark Vader, oder?«

»*Darth* Vader«, besserte Jan sie aus. »Ja, das wird er.«

Helgas Wangen glühten.

»Aber was ich sagen wollte ...«

Oh Gott, es half nicht. Sie musste seiner Abfuhr zuvorkommen.

»Ich weiß, es war ein Fehler. Ich hätte nicht mit dir ins Kino gehen sollen. Am besten wir vergessen die ganze Sache.«

»Ähm.« Jan knetete seine Finger. Seine Augen zuckten.

»Ist was?«, fragte Helga.

»Nein, wieso?«, antwortete Jan. Er kickte einen Kieselstein vom Bürgersteig auf die Straße und drehte sich um.

»Warte!« Helga packte seine Hand. »Wenn du mir noch etwas sagen willst ...«

»Na ja«, sagte Jan, »es ist so ... das heute mit dir ... also *ich* fand das gut.

Meinte er das ernst?

»Wie ... Wirklich?«, stammelte Helga.

Er nickte.

»Ich ... ich fand das auch gut.« Sie sah betreten zu Boden.

Jan runzelte die Stirn. »Wieso hast du dann eben gesagt ...«

»Ich soll was gesagt haben?« Manchmal war sie so dämlich. Sie beugte sich zu ihm, schloss die Augen ...

Doch als sie sie wieder öffnete, stand nicht mehr Jan vor ihr.

Sondern Japhet!

Wo war Jan?

»Du hast Sems Tod gut weggesteckt«, sagte Japhet und streckte ihr das Kinn entgegen. Er sah verändert aus, dünner, regelrecht ausgemergelt, dazu dunkle Ringe unter den Augen und stecknadelgroße Pupillen.

Wie ein Zombie.

»Wovon redest du?«

»Machst einfach mit dem Nächstbesten rum. Obwohl Sem gerade erst gestorben ist.«

Helga verschlug es die Sprache. Sie vermisste Sem. Genauso wie Japhet. Und die letzten Monate waren alles andere als leicht gewesen.

»Das ist doch Blödsinn«, sagte sie.

Japhet schob ihr etwas vor die Füße.

Einen Einkaufswagen?!

Merkwürdige Dinge lagen darin. Ein Nadelkissen, Blumenvasen, zwei Puppen, Bücher und ein Teddy, dem ein Auge fehlte.

»Das Leben geht weiter, auch ohne Sem. Ist es das, was du mir sagen willst?«, zischte Japhet und zerrte eine Puppe aus dem Wagen. Er schüttelte sie vor ihrer Nase.

Helga wich erschrocken zurück. Die Puppe sah genauso aus wie Sem. Haargenau gleich. Sogar das Muttermal über dem rechten Schlüsselbein stimmte.

»Warum vergessen wir ihn nicht einfach und tun so ...«

»Hör auf damit!«

»Womit?«

Die ganze Umgebung drehte sich.

Japhet brach die Puppe entzwei und schleuderte sie hinunter.

Mit einem lauten Platsch landete zuerst der Rumpf, dann Sems Kopf im Wasser.

Langsam versanken die Trümmer.

Erst da registrierte Helga, wo sie sich befanden. Im Wasserturm!

Der Bretterboden unter ihren Füßen knarrte.

»Warum hast du das getan?«, stammelte sie.

»Wir könnten ihm folgen. Hier und jetzt«, sagte Japhet und packte ihr Handgelenk.

»Nicht!«, kreischte sie.

Vergeblich.

Kopfüber stürzten sie in die Tiefe.

Sie fuhr aus dem Schlaf, blickte irritiert in die Dunkelheit. Ein Traum!

Helga tastete nach dem Schalter über dem Bett und knipste das Licht an. Die Neonröhre flackerte kurz, ehe sie den Kopfteil ihres Bettes in schummriges Licht tauchte.

Sie setzte sich auf und zwang ihren Puls zur Ruhe. Blinzelnd blickte sie von Bett zu Bett. Ihre Zimmerkolleginnen atmeten ruhig.

Wenigstens etwas. Auf blöde Fragen konnte sie verzichten.

Helga rief sich den Traum noch einmal in Erinnerung.

Wie war das noch gleich? Sie hatte mal gelesen, dass man sich die Dinge sofort aufschreiben musste, sonst waren sie am nächsten Tag futsch. Aber wozu sollte sie den Traum aufschreiben? Sie konnte gut ohne Japhets Vorwürfe leben.

Oder hatte sein Traum-Ego recht? Stürzte sie sich zu schnell in eine neue Freundschaft? War es mehr als Freundschaft?

Ihre Wangen glühten.

Sie musste mit jemandem darüber sprechen.

Instinktiv fuhr sie sich an den Hals und tastete nach ihrer Kette. Doch sie war nicht da. Die hatte sie verschenkt. Und den Anhänger eingesteckt.

Sie schwang die Beine aus dem Bett und schlich zu ihrer neuen Jacke, die neben zwei Regenschirmen hinter der Tür hing.

Sie griff zuerst in die linke, dann in die rechte Seitentasche. Nichts. Ihr wurde heiß. Wo war das Medaillon? Hatte sie es verloren? Nein, das konnte nicht sein. Durfte nicht sein. Nicht das Medaillon. Nicht das Foto. Alles, was ihr von ihren Eltern geblieben war.

Sie wühlte tiefer und ...

Atmete auf. Sie fühlte das kalte Metall in ihrer Hand, umschloss es fest. Nie wieder wollte sie es loslassen. Sie brauchte ihre Kette zurück.

Als sie die Kordel sah, mit der man die Jacke unten festzurren konnte, hatte sie eine Idee.

Die würde es auch tun. Helga zog sie aus der Jacke und fädelte den Anhänger auf die Schnur. Die Schnur hing sie sich um den Hals. Fertig.

Zufrieden schlich sie zurück ins Bett und kuschelte sich in die Decke. Dann betrachtete sie die Darstellung des Heiligen Josefs auf der Vorderseite, die feinen Konturen, eine wahre Präzisionsarbeit. Schlafen konnte sie nicht mehr, also entschloss sie sich für ein Gebet.

»Heiliger Josef, du Nährvater Jesu Christi«, flüsterte sie.

Kerstin drehte sich von der einen auf die andere Seite und brabbelte im Schlaf.

Helga hielt inne. Überlegte.

Was war gestern wirklich passiert? Im Kino, mit Jan?

Hatte er sie küssen wollen? Stand dieser gutaussehende Kerl echt auf sie?

Und hatte sie es vermasselt?

Jan hatte sie zum Abschied umarmt und den Abend als *wunderschön* bezeichnet, aber über eine Wiederholung hatten sie nicht gesprochen.

Ein Treffen am Dach

Helga massierte ihre Schläfen. Dreiundzwanzig? Warum nicht zwölf? Die Matheaufgabe war schon wieder falsch. Dabei hatte sie den Rechnungsweg genau eingehalten. Sie kritzelte eine Notiz in das Buch und schob es zur Seite. Dann klappte sie das nächste auf. Es war mittlerweile das vierte Buch, das aufgeschlagen vor ihr lag. Warum kam sie nicht zum richtigen Ergebnis? Lag es an Jan. Sie musste die ganze Zeit an ihn denken. An gestern. Wie sie gemeinsam ...

Konzentriere dich!

»Du bist hier nicht allein«, sagte Tanja plötzlich und schob die Bücher übereinander.

»He«, beschwerte sich Helga.

»Du kannst eh nicht in allen gleichzeitig lesen.«

»Sie hat recht«, mischte sich Svenja vom Nachbarzimmer ein. »Du nimmst den halben Tisch für dich ein.«

»Das tut sie immer«, setzte Rike nach.

Helga wäre ein eigener Tisch auch lieber gewesen. Keinen, den sie sich mit dem Nebenzimmer teilen musste. Aber in den Zimmern gab es keine Tische. Und in der Leisen Stube, dem Lernsaal im zweiten Stock, ging es meist noch turbulenter zu.

Im Nachbarzimmer drehte jemand Musik auf. Na toll.

Und dann schneite auch noch Kerstin zur Tür herein. Helga wurde es zu viel. Weiterlernen konnte sie vergessen.

So ging es sonntagabends normalerweise nicht zu.

Sie raffte ihren Kram zusammen und stand auf.

Melanies Stimme hallte durch den Gang. »Ich hab mit Sauerzopf gesprochen, gleich sollte der Fernseher wieder gehen.«

»Das bringt jetzt auch nichts mehr«, murrte Kerstin. »Der Film ist gelaufen.«

Der Fernseher war kaputt!

Helga ging ein Licht auf. Deshalb der Tumult. Lief um die Zeit nicht immer diese Serie in der drei Hexen Dämonen jagten? Sie blickte auf die Uhr. Kurz nach sechs. Ja, das kam hin.

»Hätte er die Schüssel nicht früher reparieren können?« Mit diesen Worten verschwand Kerstin im Zimmer.

Schüssel?! Helga sprang auf. Doch nicht ... »Meint sie die Satellitenschüssel? Am Dach?«

Svenja lachte. »Nein, die im Keller. Natürlich die am Dach. Manchmal bist du ...«

Helga lief aus der Tür. Um achtzehn Uhr wollte sich Markus mit den anderen dort treffen. Wenn Sauerzopf sie dort fand, würden sie alle von der Schule fliegen. Auch Jan.

Das musste sie verhindern!

Sie rannte den Flur entlang. Stoppte im Stiegenhaus. Wohin? Richtung Dachboden? Wenn Sauerzopf bereits oben war, konnte sie nicht mehr viel ausrichten. Gab es noch eine andere Möglichkeit, Jan zu warnen? Sie starrte auf den Feuerlöscher an der Wand. Die Fluchtwegtafel. Daneben ein Druckknopfmelder. Für den Feueralarm. Das war die Rettung. Solange man ihr nicht auf die Schliche kam. Sie drehte sich rundum. Niemand zu sehen. Helga schob den Ärmel über ihre Faust und ...

»Verflixt und zugenäht!« Sauerzopf polterte die Treppe herunter.

Helga steckte die Hände in die Taschen. »Herr ...«, setzte sie an.

»Nein«, fuhr ihr Sauerzopf ins Wort. »Ich habe die Anlage noch nicht repariert.« Er hielt ihr eine Taschenlampe entgegen. »Die hier hat gerade den Geist aufgegeben. Jetzt muss ich noch mal runter und neue Batterien holen. Es dauert also noch, bis ihr wieder fernsehen könnt.« Mit diesen Worten stampfte er davon.

So gereizt kannte sie den Hausmeister gar nicht.

Er verschwand um die Ecke.

Das war ihre Chance.

Helga lief die Treppe hoch und drückte die Tür zum Dachboden auf.

Kalte Luft.

Kaum Licht. Die letzten Sonnenstrahlen verloren sich in den Dachschindeln.

»Jan«, flüsterte sie. Sinnlos. Wenn sie oben am Dach waren, konnte er sie nicht hören.

Wie lange würde Sauerzopf brauchen, um mit einer funktionierenden Taschenlampe zurückzukehren? Fünf Minuten?

Sie lief über den Betonboden, ohne etwas zu sehen und streifte einen Blechtopf. Scheppernd rollte er in eine Ecke.

»Jan?!«

Helga erreichte den Schornstein, griff die Leiter, kletterte hoch.

Sprosse um Sprosse.

Jetzt nur noch über den Bretterboden, dann hatte sie es geschafft. Sie stieß die Tür zum Dach auf und ...

Sechs Augenpaare starrten sie an. Ungläubig. Verärgert. Nicht einmal Jan freute sich, sie zu sehen.

Was hatte sie erwartet?

»Was willst du hier?«, blaffte Nicole. Markus raffte irgendwelche Zettel zusammen, die ausgebreitet vor ihnen lagen.

»Ihr müsst sofort verschwinden.« Helga zeigte auf die Satellitenschüssel. »Irgendetwas stimmt nicht mit dem Empfang. Sauerzopf ist auf dem Weg, um sich das anzusehen.«

»Scheiße«, stammelte Markus.

»Weg hier!« Ben sprang zur Tür.

»Niemand verlässt das Dach!« Der Junge mit den roten Haaren packte seinen Arm.

»Aber ...« Ben wollte sich losreißen.

»Wir müssen hier vorher Ordnung machen!«

»Keine Zeit«, sagte Helga und blinzelte zu Jan. »Uns bleiben vielleicht zwei Minuten.«

Uns!? Oh Gott. Sie hing da jetzt mit drin.

Jan überlegte. »Luk hat recht. Wenn wir hier nicht sauber machen, sind wir geliefert. So oder so.« Er lief zu den leeren Flaschen, raffte sie zusammen.

Helga sprang an seine Seite. »Ich helfe dir.«

Wie auf Kommando übernahm jeder eine Aufgabe.

Markus reichte dem Rotschopf die Zettel, der sie sofort in seine Umhängetasche stopfte. Dann half er Ben, das Brett wegzutragen, auf dem sie eben noch gesessen hatten.

Nicole versuchte indessen, den Knoten vom Seil zu lösen, an dem der Vogelkäfig hing. »Geh schon auf!«

Das andere Mädchen begann Zigarettenstummeln einzusammeln.

»Wohin damit?«, fragte Helga, die Hände voller Flaschen.

»Hierhin«, sagte Jan. Sie folgte ihm zu einem Haufen alter Ziegelsteine und ließ die Flaschen dahinter fallen.

»Dort wird er sie nicht sehen«, sagte Jan. Er starrte von den Flaschen zu Helga. »Ich werde ...«

»Lasst mich vorbei«, rief Nicole, die es endlich geschafft hatte, den Vogelkäfig abzumontieren. Sie tätschelte den Kopf des Raben, der seinen Schnabel durch die Stäbe zwängte. »Du musst jetzt ganz leise sein.«

Keiner hatte Helga verraten, was der Vogel hier verloren hatte, aber offensichtlich gehörte er Nicole. Mit dem Käfig in der Hand hastete sie das Flachdach entlang, bog um die Ecke und war weg.

Ben und Markus schoben das Brett über eine Regenrinne. Fehlten nur noch die zwei Ziegelsteine.

»Unsere schöne Bank«, murmelte das Mädchen, das immer noch mit den Zigarettenstummeln beschäftigt war. Helga entdeckte noch ein paar hinter der Tür und half ihr beim Einsammeln.

Die Jungs packten je einen Ziegelstein und wuchteten sie zu den anderen.

»Perfekt!«, sagte Markus.

Als wäre seit Ewigkeiten keiner hier gewesen.

»Ich glaube, er kommt«, sagte Luk, ein Ohr gegen die Tür gepresst. Er sprang zu Markus und Ben.

Im selben Moment kehrte Nicole zurück. »Der Vogel ist in Sicherheit.«

»Pst!« Markus legte eine Hand auf ihren Kopf und drückte sie in die Knie. »Am besten wir verstecken uns hier und warten bis Sauerzopf wieder abgedampft ist.«

»Hast du gehört, Manu? Komm her!«, rief Nicole hinter dem Ziegelhaufen.

»Helga, du auch«, flüsterte Jan.

Sie schnippte einen letzten Zigarettenstummel fort, und wollte Manu hinterherlaufen, als ihr die Tür ins Gesicht geschlagen wurde.

Ihr Herz setzte aus.

Manu tauchte hinter dem Ziegelhaufen unter, während sie selbst ...

Sauerzopf trat ins Freie, starrte auf die Satellitenschüssel.

Helga schluckte. Nichts, wo sie sich verstecken konnte. Wenn er sich jetzt umdrehte, würde er sie sofort entdecken.

»Na dann wollen wir mal«, murmelte Sauerzopf und schritt mit einem Werkzeugkoffer über das Dach. Vor der Schüssel kniete er sich hin. »Hm«, machte er.

Helga starrte zum Ziegelhaufen. Von den anderen war keiner zu sehen. Toll. So würde wenigstens nur sie auffliegen.

Nein! Das durfte sie nicht. Unter keinen Umständen. Sie musste hier weg. Langsam tastete sie die Tür entlang. Nur eine Drehung und sie hatte es geschafft.

Doch plötzlich ...

Was war das? Einer der Zettel von vorhin flatterte ihr vor die Füße. Sie bückte sich, doch er flatterte weiter Richtung Sauerzopf.

Mist! Was sollte sie jetzt tun?

Sie war schon halb aus der Tür, als ...

Ach, was soll's.

Sie drehte sich um. »Hähäm«, machte sie.

Der Hausmeister fuhr herum, starrte sie an, tiefe Falten auf der Stirn. »Helga, was um alles in der Welt ...«

»Es tut mir leid, Herr Sauerzopf. Ich habe Ihnen noch hinterhergerufen, aber Sie haben mich nicht gehört.« Was tat sie da bloß?

So unauffällig wie möglich schlenderte sie zu ihm, blieb mit beiden Beinen auf dem Zettel stehen. »Ich dachte, Sie könnten Hilfe gebrauchen. Immer müssen Sie alles alleine machen. Dabei wird es doch gleich dunkel. Soll ich Ihnen leuchten?«

Sauerzopfs Stirnfalten glätteten sich, er lächelte. »Das ist aber lieb von dir.«

Während Sauerzopf in den Werkzeugkasten griff, bückte sich Helga flink, um das Blatt hochzuheben und in ihre Tasche zu stecken.

Sie trat neben ihn. »Was kann ich tun?«

»Hier.« Er reichte ihr die Taschenlampe. »Du könntest mir leuchten.«

Helga hatte keine Ahnung von Technik, aber sie tat so, als würde sie das alles wahnsinnig interessieren. »Sie sind sehr geschickt«, sagte sie.

Er lächelte, zwickte irgendein Kabel ab und ersetzte es durch ein neues. »So, das wars.«

»Echt!« Helga legte so viel Enthusiasmus in ihre Stimme, wie sie konnte. »Dann geht der Fernseher wieder?«

»Hoffentlich.« Sauerzopf nahm ihr die Taschenlampe ab.

»Super. Ich werde es gleich den andern sagen.« Sie lief vom Dach.

»Vorsicht!«, sagte Sauerzopf. »Nicht, dass du fällst.«

»Danke.« Helga kletterte runter. Das letzte Stück sprang sie.

Sauerzopf folgte ihr, die Taschenlampe zwischen den Zähnen.

Wie ein Einbrecher.

Endlich erreichten sie die Tür.

»Also dann ...«, sagte Helga, hob die Hand und lief die Treppe hinab.

Sauerzopf nickte. Er steckte einen Schlüssel ins Schloss und drehte ihn zweimal herum. »Ich könnte schwören, dass offen war«, murmelte er noch. Dann ging auch er die Treppe hinunter.

Das war ja gerade noch mal gut gegangen.

Zurück im Zimmer entfaltete sie den Zettel, für den sie riskiert hatte, von der Schule zu fliegen. Sie starrte auf das Blatt. Wovor waren die Sechs gesessen, als sie diese am Dach überrascht hatte? Sie begann zu lesen.

Und stutzte.

Matheaufgaben?

Sie las weiter und wurde blass.

Das konnte nicht sein! Sie rieb sich die Augen. Oh, verdammt.

Es waren die Prüfungsfragen für die nächste Mathe-klausur.

(K)ein Angebot

Helga hockte vor der Kloschüssel und starrte auf den Zettel in ihrer Hand. Warum hatte sie ihn nicht längst runtergespült? Sie seufzte. Weil das Problem damit nicht gelöst war. Doch was sollte sie tun? Und warum war noch niemand aufgetaucht, den Zettel zurückzuholen? Die Jungs durften sich hier nicht blicken lassen, aber die Mädchen? Wo steckte Nicole? Wartete sie wieder, bis sie im Bett lag?

Vielleicht hatten sie aber auch gar nicht mitbekommen, was dem Hausmeister vor die Füße geflattert war?

Sie zerknüllte den Zettel in der Hand und stand auf. Hier konnte sie nicht bleiben. Sie verließ das Bad und ging zurück ins Zimmer.

Niemand da.

Sie ging zum Fenster. Setzte sich aufs Bett. Stand wieder auf.

Wie war die Gruppe an diese Testfragen gekommen? Und wie steckte Jan da mit drin? Was dachte er sich dabei? Kannte er nicht die Konsequenzen? Wenn rauskam, dass ...

Daran durfte sie nicht einmal denken! Niemand durfte von dem Zettel erfahren!

Am nächsten Tag ging Helga ohne Frühstück zum Unterricht. Sie hatte keinen Hunger. Am Abend war zwar niemand aufgetaucht, doch das war nur eine Frage der Zeit.

Frau Kleist öffnete die Tür. »Aufstehen!«, sagte sie wie immer. Helga erinnerte das an Frater Schrey, dessen Gruß auch aus der Aufforderung bestanden hatte, aufzustehen, noch bevor er die Klasse betreten hatte.

Frau Kleist stellte sich vor die Tafel. Ein Duden knallte auf den Lehrertisch. Hefte folgten.

»Setzt euch!«, sagte die Lehrerin.

Stühle rückten und Helga nahm Platz.

Es lief immer gleich ab.

Bis Frau Kleist ihren Schuh auszog und nach einem der Kinder warf.

Später konnte Helga nicht einmal mehr sagen, ob Rike oder Tanja mit ihrem Tischnachbar getratscht und so den Zorn der Lehrerin auf sich gezogen hatte.

Jedenfalls verfehlte der Schuh ihr Ziel - die Tischdiele der dritten Reihe. Stattdessen bohrte sich der Absatz in Antonias Stirn. Sie hatte sich gerade gebückt, um einen Radiergummi aufzuheben.

Blut spritze und das darauffolgende Gekreische lockte die anderen Lehrer an.

Frau Kleist wurde umgehend suspendiert. Für den Rest des Vormittags fiel der Unterricht aus.

Helga zog ihre Jacke an und ging in den Innenhof. Es war kälter als sonst. Der Boden war gefroren und ihr Atem bildete kleine Wolken vor ihrem Gesicht. Sie rieb sich die Hände.

»Stimmt es?«

Jan stand plötzlich hinter ihr. »Das mit der Kleist?«

Helga nickte. »Sie hat sich nicht einmal entschuldigt.«

»Die Lehrerin war mir schon immer unsympathisch«, sagte Jan. »Was genau ist passiert?«

War das sein Ernst? »Wir sollten über etwas anderes sprechen.«

Er vergrub die Hände in den Hosentaschen. »Du hast uns gestern den Arsch gerettet.«

»Wenn ich gewusst hätte, was ihr da oben treibt, hätte ich das nicht getan.«

»Doch hättest du.«

Helga starrte ihn an. »Ähm, nein.« Sie biss die Zähne zusammen. »Ich verstehe nicht, wie *du* da mitmachen kannst.«

»Sie brauchen jemanden, der die Schlösser knackt«, flüsterte er.

»Ihr brecht in die Lehrerbüros ein, um an die Prüfungsfragen zu kommen?«

»Nicht so laut!«

»Dafür fliegt ihr von der Schule, dafür wandert ihr in den Knast.«

»Red keinen Unsinn. Das hört sich schlimmer an, als es ist.«

»Das *ist* schlimm. Und wenn rauskommt, dass ich davon gewusst habe ...«

»Warum sollte das rauskommen?«

Helga griff in die Hosentasche und drückte ihm das Papierknäuel in die Hand.

Jan starrte sie wie vom Donner gerührt an. »Du hast ihn noch?« Schell steckte er den Zettel weg.

»Ich wollte ihn ins Klo spülen.«

»Warum hast du es nicht getan?«

Helga zuckte die Schultern.

Jan lächelte. »Ich wusste es! Vielleicht kann ich Markus überreden, dich in unserer Gruppe aufzunehmen.«

Helga musste sich verhört haben. Verstand er nicht, worum es ihr ging? »Hast du mir nicht zugehört? Ich will damit nichts zu tun haben!«

»Aber ...«

Konnte oder wollte er sie nicht verstehen?

Ehrlichkeit war ihr wichtig! Letztes Jahr hatte sie versucht, Sem davon abzuhalten, für Japhet die Abschlussprüfung zu schreiben. Damals war es zum Streit gekommen. Unweigerlich würde es jetzt auch zum Streit kommen.

»Setz doch mal dein Hirn ein! Wie kannst du das alles hier aufs Spiel setzen?« Sie machte eine ausladende Handbewegung.

»Das verstehst du nicht.«

»Dann erklär es mir!«

»Kann ich nicht!«

»Warum nicht?«

Jan bohrte seine Schuhspitzen in das gefrorene Gras.

»Sag schon!«

»Es ist kompliziert.«

»Sind Mami und Papi sauer, wenn du keine Einsen heimbringst?«

Jan verengte die Augen. »Lass meine Eltern aus dem Spiel.«

»Ich glaube, sie wären enttäuscht von dir.«

»Ich sagte ...« Er trat gegen eine Holzbank. »Du hast ja sowas von keine Ahnung!« Er drehte sich um und stampfte davon.

Helga starrte ihm fassungslos hinterher. Ihre Worte hatten ihn ehrlich getroffen. Seine Eltern waren wohl ein heikles Thema.

Sie blieb noch eine Weile in der Kälte stehen, ehe sie zum Mittagessen ging. Sie hatte immer noch keinen Hunger, aber da sie bereits das Frühstück ausgelassen hatte ...

Rafik lief ihr hinterher. »Alles in Ordnung?«

Sie ging schneller, doch er ließ sich nicht abschütteln.

»Dieser Jan aus der dritten, der tut dir nicht gut.«

Helga blieb abrupt stehen. Hatte er sie belauscht? »Was kümmert *dich* das?«

Rafik senkte den Blick und zupfte an seinem Pullover. »Wir sind doch Freunde. Ich mache mir Sorgen. Also wenn du reden willst ... Ich bin ein guter Zuhörer.«

Tatsächlich!? »Wo warst du, als Sem gestorben ist?«

Rafik musterte sie einen Augenblick. »Yeah, das war etwas anderes. Ich weiß, wie es ist jemanden zu verlieren. Mitleid nervt! Aber jetzt ...«

Helga unterbrach ihn schroff. »Ich will jetzt einfach allein sein. Kapiert?«

Rafik ließ den Kopf hängen. »Ich wollte nur ...« Er verzog das Gesicht und hielt sich den Bauch.

Was war denn das für eine Nummer?

»Geh nur«, murmelte Rafik.

Hatte er Schmerzen? »Was hast du plötzlich?«

Er krümmte sich. »Keine Ahnung.«

War das jetzt gespielt oder was?

»Soll ich Herrn Pridel holen?«

»Bloß nicht!«, keuchte er mit zusammengebissenen Zähnen. »Geht-gleich-wieder.«

Sein Gesicht war schneeweiß. Waren das Schweißperlen auf seiner Stirn?

»Also ich hol jetzt Hilfe«, sagte Helga.

»Nein.« Er hielt sich gerade, doch Helga konnte ihm vom Gesicht ablesen, dass er Schmerzen hatte. »Ich will nicht zum Arzt.« Er atmete ein paarmal tief durch. Wischte sich mit dem Ärmel über die Stirn. Dann lächelt er. »Ich muss einfach was essen.«

Helga war sich da nicht so sicher. Unterzucker sah anders aus!

Doch die Farbe in seinem Gesicht kehrte tatsächlich zurück.

»Danke, dass du geblieben bist«, sagte Rafik. »Und tut mir leid wegen vorhin. Ich werde Jan nie wieder erwähnen.«

Helga schüttelte den Kopf. »Schon gut. *Das* Kapitel ist sowieso abgeschlossen.«

Die Schlittenfahrt

Helga blätterte lustlos in dem Buch, das sie in den Semesterferien lesen mussten. *Die Blechtrommel.* Ein Junge, der nicht wachsen will. So ein Schwachsinn. Am liebsten hätte sie es in die Bibliothek zurückgebracht. Doch das ging nicht, denn im Unterschied zu ihren Klassenkameraden konnte sie sich zu Hause nicht einfach den Film ansehen.

Sie klappte das Buch zu und massierte sich die Schläfen. Die Ferienwoche hatte gerade erst begonnen und sie wusste jetzt schon nichts mehr mit ihr anzufangen. Vielleicht sollte sie lieber noch mal einen Brief an Japhet schreiben. Zokling auf das Kuvert schreiben, und hoffen, dass er ankam. Einen hatte sie bereits geschrieben und zum CuraNaus geschickt mit der Bitte, ihn weiterzuleiten.

Aber ob das passierte ...

Noch besser wäre es, Jan einen Brief zu schreiben. Er hatte sich nicht einmal von ihr verabschiedet. Was hatte sie erwartet? Nach ihrem Streit. Sie seufzte. Wenn sie doch nur über ihren Schatten springen könnte.

Die kurze Zeit mit ihm war so schön gewesen. Die konnte doch nicht vorbei sein! Sie musste mit ihm sprechen. Möglicherweise konnte sie ihn umstimmen. Ihn überzeugen, dass das, was er tat, falsch war. Und wenn sie gemeinsam lernten, bräuchte er vielleicht gar nicht ...

Wie konnte sie ihn nur in die Ferien fahren lassen, ohne nochmal mit ihm zu sprechen?

Es klopfte.

Wer konnte das sein?

Außer den CuraNauskindern waren nur zwei weitere Schüler im Internat geblieben. Markus, der Schulsprecher, und ein Junge namens Adam.

Adam ging in die gleiche Klasse wie Jan.

Helga war ihm bereits in den Weihnachtsferien ein paar Mal über den Weg gelaufen, wusste aber sonst nichts von ihm.

Angeblich war er schon wieder von seinen Eltern versetzt worden. Zwei Stunden hatte er vor der Schule auf sie gewartet, ehe er erfahren hatte, dass sie ihn auch zu diesen Schulferien nicht zu sich nehmen konnten.

Das war noch schlimmer, als überhaupt keine Eltern zu haben.

Helga stand auf. »Herein«, sagte sie.

Margarethe steckte den Kopf durch die Tür. Was wollte die Küchenhilfe hier?

»Hallo Helga.«

Und sie kannte sogar ihren Namen!

»Störe ich?« Ohne dem Haarnetz auf ihrem Kopf wirkte sie gleich viel freundlicher. »Ich wollte fragen, ob du mitkommen willst?«

»Wohin?«

»Schlittenfahren.«

Helga starrte sie sprachlos an. Sie musste sich verhört haben. »Bei dem Wetter?« Der Winter war doch noch gekommen und nun schneite es schon seit drei Tagen.

Margarethe lächelte. »Ist doch perfekt.« Sie zeigte aus dem Fenster. »Und es hört bereits auf, zu schneien. Ich habe auch schon mit Frau Himmler gesprochen. Sie hat nichts dagegen.«

Frau Himmler, ihre Geschichtslehrerin, hatte für die Dauer der Ferien die Aufsicht der Kinder. In den Weihnachtsferien war Frau Kleist für sie verantwortlich gewesen. Nach der Suspendierung hatte man einen Ersatz finden müssen. Ob das Lehrerkollegium die Sache ausgewürfelt hatte? So missmutig wie Frau Himmler aus der Wäsche guckte, war sie sicher nicht freiwillig zurückgeblieben. Es interessierte sie nur, dass alle Kinder zum Frühstück erschienen und um zehn Uhr in ihren Betten lagen. Für Ordnung untertags sorgten Herr Sauerzopf und Herr Pridel.

»Wer fährt alles mit?«, fragte Helga konsterniert.

»Alle. Die Jungs sind begeistert. Nur Patricia muss ich noch fragen. Sie ist nicht in ihrem Zimmer. Weißt du, wo sie steckt?«

Helga nickte. Neben dem zugeschneiten Innenhof gab es nur drei Räume, in denen sie sich um diese Zeit aufhalten durften. Im Fernsehsaal, der Bibliothek und dem Fitnessraum. Patricia interessierte sich weder für Sport noch für Bücher.

Sie hockte tatsächlich vor der Glotze. Es lief irgendeine amerikanische Sitcom mit Lachen vom Band. Interessant schien das nicht zu sein, denn Patricia ließ sich sofort zum Schlittenfahren überreden.

»Na dann kommt, die Jungs warten unten auf uns.«

Wenig später saßen sie in knallbunten Skianzügen zusammengepfercht in Margarethes Kleinbus. Die Overalls gehörten deren Nichten und Neffen, aus denen diese herausgewachsen waren.

»Das ist total nett von Ihnen«, sagte Daniel und Margarethe lächelte ihm vom Rückspiegel aus zu.

»Yeah, damit hätte ich nicht gerechnet«, murmelte Rafik. Helga stimmte ihm zu. Sie war keine Ausflüge gewohnt, schon gar nicht im Winter. Die Highlights im CuraNaus waren die Abstecher in die Stadt. Einmal im Jahr, wenn es gutging. Und nur, wenn einer sich zu benehmen wusste.

Sie fuhren eine halbe Stunde, bis sie den Hang erreichten. Dann stiegen sie aus. Es hatte aufgehört zu schneien und vereinzelt kam sogar die Sonne zum Vorschein.

»Da vorne gibt es eine Hütte, da kann man sich die Schlitten ausleihen«, erklärte Margarethe. »Ich kenne den Besitzer.«

Sie bezahlte das Pfand für vier Schlitten, während die Kinder schon mal die Strecke besichtigten.

»Das wird ein Spaß!«, schrie Gordon.

Helga war sich da nicht so sicher. Sie hatte noch nie auf einem Schlitten gesessen und ihr wurde flau im Magen, als sie den steilen Hang hinunterblickte. Sie zählte mindestens zwanzig Kinder, die schreiend und lachend den Berg hinunterrutschten. Manche saßen mitten auf der Piste, ohne auszuweichen, wenn sich jemand näherte. Waren die lebensmüde?

Margarethe kam mit den Schlitten angestapft. »Ihr dürft mir die Dinger gerne abnehmen.«

Patricia klammerte sich an Gordon. »Ich fahre mit dir. Ja?«

Schnell hatten sich auch die anderen Zweierteams gefunden.

Helga nahm auf dem Schlitten hinter Rafik Platz.

»Du musst dich gut festhalten«, sagt er.

Nichts anderes hatte sie vor.

Er lächelte ihr zu, als sie ihm um die Taille fasste. »Keine Angst, ich kann das.« Er blickte nach vorne.

»Na da bin ich ja beruhigt«, sagte Helga, aber sie war keinesfalls überzeugt. Rafik war kurz vor ihr ins Heim gekommen. Erfahrungen konnte er also noch nicht viele gemacht haben.

»Als ich klein war, hab ich mich immer von unserem Hund mitziehen lassen«, erzählte Rafik. »Ein Jack Russel Terrier namens Bold. Er hat das geliebt. Wenn meine Eltern uns dann im Schnee ...« Er schluckte. »Aber das ist lange her.« Er atmete tief durch. »Bereit?«

Helga nickte. Wenn sie nicht gleich losfuhren, würde sie es sich vielleicht sowieso anders überlegen. Gordon und Patricia hatten die halbe Strecke bereits zurückgelegt und wurden immer kleiner.

Zeitgleich mit Markus und Adam stießen Rafik und Helga sich ab.

Der Schlitten gewann an Tempo.

»Yeah, das nenn ich Leben«, schrie Rafik.

Helga schloss die Augen. »Es ist nur Schnee. Nur Schnee«, murmelte sie vor sich hin. Sie wurden immer schneller.

»Alles okay da hinten?« Rafik blickte über seine Schulter.

Nicht reden, lenken! »Guck nach vorne«, sagte sie. Zu spät.

Der Schlitten scherte aus, kippte und Helga landete kopfüber im Schnee.

Rafik kullerte ein paar Meter den Hang hinunter, bis auch er liegen blieb.

Helga rappelte sich auf. »Rafik!?«

Verdutzt sah er sich um, sein Gesicht voller Schnee.

Helga hielt ihm die Hand entgegen, doch statt sich hochhelfen zu lassen, zog er sie auf die Knie.

»Das machen wir gleich noch mal«, schrie er.

»Kommt nicht in Frage«, sagte Helga.

Beide fingen an zu lachen.

Immer mehr.

»Ich habe dich schon lange nicht mehr so lachen hören«, sagte Rafik irgendwann. Er rutschte näher zu Helga. »Warte mal.« Er putzte ihr den Schnee aus dem Gesicht, doch mit seinen feuchten Handschuhen machte er es nur schlimmer.

Helga blinzelte. »Du ...«

Ehe sie weitersprechen konnte, lag ein Arm um ihre Schultern. Helga wurde ganz steif und ihre Wangen fingen an zu glühen. Seine Lippen näherten sich gefährlich an ihre.

Jan hatte recht mit seinem Verdacht, was Rafiks Gefühle für sie angingen. Es wäre ihr lieber gewesen, er hätte sich geirrt.

Sie wich seitlich aus. Rafiks Arm glitt von ihrer Schulter. Verlegen presste sie die Hände in ihren Schoß zusammen.

»Helga ich ...« Seine Stimme klang gepresst. »Ähm ... tut mir leid«, stammelt er. »Ich wollte ... ähm.«

Sie wünschte, sie könne ihm sagen, er solle es nicht persönlich nehmen und dass sie seit dem Tod ihrer Eltern beim kleinsten Anzeichen von Zuneigung auf Distanz ginge.

Doch stimmte das? Auf jeden Fall wäre er dann nicht gar so verletzt gewesen. Denn genau das war er, darüber konnte seine Verlegenheit nicht hinwegtäuschen. Rafik war ein Schulkollege für sie, mehr nicht.

Helga atmete tief ein und beim Ausatmen zwang sie sich zu einem Lächeln. Dann sah sie sich nach allen Seiten um, doch weder Margarethe noch die anderen interessierten sich für sie.

»Also dann«, sagte Helga. Sie stapfte zum Schlitten, der verkehrt herum einige Meter unter ihnen zum Stillstand gekommen war. »Lass uns weiterfahren.«

Rafik nickte. »Ich werde besser aufpassen, okay? Es wird nichts mehr passieren«, sagte er. Was immer er damit meinte.

Zwischen den Stühlen

Am Montag löste Helga gerade eine mathematische Gleichung an der Tafel, als die Direktorin die Klasse betrat.

Sie schloss die Tür und blickte sich im Schulzimmer um. Dann sagte sie: »Wie ich sehe, seid ihr alle gesund und munter aus den Ferien zurückgekehrt.«

Helga huschte zu ihrem Platz und setzte sich. Das war das erste Mal, dass sich die Novak in der Klasse blicken ließ.

»Ich habe euch etwas mitzuteilen. Frau Kleist wird nicht mehr in unsere Schule zurückkehren.«

Kleist kam nicht zurück! Das war großartig. Helga drehte sich zu Rafik. Auch er lächelte.

»Herr Maurer vom Langenscheid-Istitut wird euch ab nächste Woche unterrichten.« Sie sah erwartungsvoll von Gesicht zu Gesicht.

Die Begeisterung hielt sich in Grenzen. Erwartete sie Applaus?

»Etwas mehr Enthusiasmus, bitte. Es war nicht einfach einen Ersatzlehrer aufzutreiben«, erklärte die Direktorin und fuhr fort: »Der Literaturunterricht wird ab Montag im Erdgeschoss stattfinden, im Vorlesesaal neben der Aula. Ich erwarte von allen, dass ihr euer Bestes gebt und dem neuen Lehrer keine Probleme bereitet. Verstanden?« Sie nickte Herrn Schneider, dem Mathelehrer, zu und verließ die Klasse.

Warum sollten sie ihm Probleme bereiten? Und warum bedeute ein Lehrerwechsel gleichzeitig ein Wechsel des Klassenzimmers? Hände schossen in die Höhe.

»Wissen Sie, weshalb der neue Lehrer ...«

»Nein«, sagte Herr Schneider. »Und jeder der keine mathematische Frage hat, kann die Hand gleich wieder herunternehmen.«

Beim Mittagessen sah Helga Jan wieder. Er sah anders aus. War er beim Frisör gewesen? Was immer er mit seinen Haaren gemacht hatte, es sah toll aus! Wen kümmerten da noch falsche Noten? Was bedeutete schon ein Einbruch in ein Lehrerzimmer? Solange sie keine Bank ausraubten.

Sie war über ihre Gedanken dermaßen schockiert, dass sie beschämt zu Boden blickte.

Jan belud sein Tablett, doch im Gegensatz zu den Tagen vor den Ferien setzte er sich nicht zu seinen Freunden, sondern kam zu ihr.

»Darf ich?«, fragte er und stellte das Tablett am Tisch ab.

Helgas Herz machte einen Sprung. Sie nickte.

Jan nahm Platz.

»Yeah, hier sitzt schon wer.« Rafik tippte ihm auf den Rücken. Er balancierte sein Tablett auf der linken Hand und starrte Helga konsterniert an. »Oder soll ich jetzt wieder neben Gordon sitzen?«

»Rafik?!« Helga schluckte.

Sie teilten sich seit dem Nachmittag im Schnee den Mittagstisch. Er hatte sie einfach gefragt und sie hatte ja gesagt. Über ihren Beinahekuss hatten sie nicht mehr gesprochen, und Helga hatte angenommen, dass er ihre Zurückweisung verstanden hatte. Im Moment sah das nicht so aus.

»Wir können ja noch einen Stuhl dazuschieben«, schlug sie vor.

»Und das Tablett? Nee lass mal.« Rafik drehte sich um und ging.

Jan sah ihm belustigt hinterher. »Also wenn du lieber ...«

Sie schüttelte den Kopf. Hoffentlich kam jetzt keine blöde Bemerkung.

»Ich habe nachgedacht«, sagte Jan. Er senkte die Stimme. »Du hast recht. Es ist nicht richtig, was wir tun.«

»Ja?«, fragte Helga. Beim letzten Mal klang das noch ganz anders.

»Ich will mir ab sofort meine Noten auf ehrliche Weise verdienen.«

Meinte er das ernst?

»Was sagen denn die anderen dazu?«, fragte sie.

»Ist mir egal.« Er fuhr ihr sanft über die Finger.

Helga konnte es nicht fassen. Tat er das ihretwegen?

»Samstag Nachmittag?«, fragte er dann. »Ich kenne ein tolles Café.«

Sie grinste breit. »Schön.«

Der Abend war weniger schön.

»Na endlich«, riefen Rike, Tanja und Kerstin wie aus einem Mund. Sie lümmelten am Tisch im Verbindungsraum.

Helga kam gerade vom Duschen. »Was macht ihr hier? Warum geht ihr nicht ins Zimmer?«

»Würden wir ja gerne«, antwortete Tanja und verschränkte die Hände vor ihrem Pyjama.

»Aber wir wurden rausgeworfen«, erklärte Rike.

»Von Nicole schon wieder«, sagte Tanja. »Was will die Zicke denn die ganze Zeit von dir?«

Gute Frage. Hoffentlich war sie ohne Spray gekommen.

Rike zeigte zur Tür. »Jetzt geh endlich rein. Ich hab keine Lust, hier draußen zu versauern.«

Schon gut. Helga drückte die Klinke und trat ein.

»Endlich«, sagte Nicole. Sie lag mit schmutzigen Schuhen in Helgas Bett.

Helga schloss schnell die Tür. Das brauchten ihre Zimmerkolleginnen nicht zu sehen.

»Du kannst die Hand ruhig von der Klinke nehmen«, sagte Nicole. »Ich bin nicht gekommen, um dich anzugreifen. Das haben wir hinter uns.«

Wie beruhigend. Helga blieb dennoch neben der Tür stehen.

»Ich will dich nur warnen.«

»Ich sagte doch schon, dass ich euch nicht verraten werde.«

»Es geht um Jan.«

Helga runzelte die Stirn.

»Du verdienst die Wahrheit.«

»Was?«

»Jan steht nicht auf dich. Er hat sich an dich rangemacht, weil Markus das wollte. Um dir auf den zu Zahn fühlen.«

»Du lügst«, rief Helga.

Nicole schüttelte den Kopf. »Glaubst du wirklich, er verzichtet auf gute Noten? Wegen dir? Er hat doch schon eine Freundin, Claudia und ...«

Helga riss die Tür auf. »Raus!«, sagte sie.

Rike, Tanja und Kerstin glotzten ins Zimmer.

Nicole kletterte aus dem Bett. »Gute Nacht«, sagte sie lächelnd. »Träum schön weiter.«

Beim nächsten Mittagessen saß Jan wieder neben ihr. Und leugnete es nicht, saß nur da und nickte. Was sollte sie davon halten? Warum log er sie nicht an?

»Das war alles abgekartet?«, fauchte sie. »Was war das für ein krankes Spiel! Du hast mich ...«

»Darf ich jetzt auch mal was sagen?« Er klang sauer.

Als hätte er das nicht längst gekonnt. Oder hatte sie ihn wirklich nicht zu Wort kommen lassen?

Die meisten Schüler waren mit ihrem Mittagessen bereits fertig. Sie hatte noch nicht mal damit angefangen.

»Es stimmt«, sagte Jan. »Markus wollte, dass ich ein Auge auf dich habe.« Er machte eine kurze Pause. »Ich habe mich freiwillig gemeldet.«

»Und das soll mich jetzt freuen?«

»Ja! Weil es vorher war. Vor der Aktion im Wasserturm. Vor deinem Eingreifen am Dach. Vor unserem Kinoabend. Sie sollten dir alle dankbar sein. Doch seit ich raus bin ... merkst du es nicht, die wollen ihren Schlossknacker zurück.«

»Und Claudia?«, unterbrach ihn Helga. »Warum gehst du nicht mit ihr ins Kino?«

»Claudia?«

»Ja, Claudia. Deine Freundin!«

»Meine Freundin? Wer sagt das?«

»Nicole.«

»Und das glaubst du?« Er atmete durch. »Wenn du es wissen willst. Es gibt da jemanden. Sie ist blond, trägt meistens einen Zopf und hat wunderschöne große, blaue Augen. Sie trägt immer ein Medaillon um den Hals und wenn sie nachdenkt, dann greift sie sich an diese kleine Narbe am Schlüsselbein. Sie weiß selbst nicht, wie hübsch sie ist, kann stur sein und ist verdammt schlau. Okay, das mit dem schlau, nehm ich vielleicht zurück.«

Helga lächelte. Kam sich albern vor. Sie griff nach Jans Hand.

»Na ihr Turteltäubchen. Hat wohl nicht viel gebracht, unser Gespräch«, trällere Nicole und schob sich hinter ihren Stühlen vorbei nach draußen.

Hatte sie sie belauscht?

Jan ballte eine Faust. »Du miese Ratte«, zischte er ihr nach. »Na warte, du kannst was erleben.«

Helga hielt ihn zurück. »Lässt sich das nicht in Ruhe klären?«

Er schüttelte den Kopf. »Nein. Da stecken die anderen auch mit drinnen.«

Ob das stimmte? Konnte sein. Klang glaubhaft. Trotzdem ...

Jan sprang auf. »Ich regle das.« Dann folgte er Nicole.

Nicole ließ sie von da ab wider Erwarten in Ruhe. Keine abendlichen Besuche, die ganze Woche nicht.

Am Samstag - Helga kritzelte ihren Namen gerade in das Ausgangsbuch - wurde sie von hinten angesprochen.

»Yeah, du gehst auch in die Stadt?« Rafik nahm ihr den Stift ab, um sich ebenfalls auszutragen. »Ich begleite dich.«

Helga schluckte. Jan wartete vor der Tür. »Eigentlich ...«

»Keine Angst. Ich werde weder von Zahlen noch von Formeln reden. Davon hatten wir die Woche genug.« Er grinste. »Also los.«

In diesem Augenblick betrat Jan die Eingangshalle. »Helga, wo bleibst du?«

Rafik sah ihn an. »Yeah, wartest du auf uns?«

Helga trat von einem Fuß auf den Anderen.

Jan runzelte die Stirn. »Ich wusste nicht, dass wir zu dritt ausgehen.«

»So?«, fragte Rafik erstaunt. »Helga hat mich gerade eingeladen.«

Helga öffnete den Mund. Sie brachte keinen Ton heraus.

»Wenn das so ist«, sagte Jan. »Wird sicher lustig.«

Café Größenwahn

Von außen sah die Kneipe aus wie eine Bruchbude. Nasser Putz bröckelte von den Wänden, schwarzer Schnee lag unter einer kaputten Regenrinne. Über der Eingangstür hing schief ein Schild. *Freiwild.*

Drinnen war es okay. Bequeme Stühle und Bänke, saubere Tischtücher, helle Vorhänge, Musik aus vier Lautsprecherboxen an der Wand. *Wahn, Wahn, Größenwahn, Größenwahn, Wahn* lief gerade.

Helga und Jan bestellten eine Limo, Rafik ein Bier. Sie sah ihn entgeistert an. »Du bist noch keine sechzehn.«

»Na und«, sagte Rafik. Er bekam das Bier ohne Weiteres.

Doch schon beim ersten Schluck, verzog er das Gesicht.

»Hast du überhaupt schon mal Bier getrunken?«, fragte Jan.

Rafik kniff die Augen zusammen. »Hältst du mich für einen Schlappschwanz?« Er nahm noch einen Schluck und wischte sich den Schaum vom Mund.

»Das nicht. Schwarze sollen ja einen ganz anständigen ... Aber bei dir wird das wohl noch ein paar Jahre dauern.«

Helga kicherte, ohne zu überlegen. Verdammt. Zu Spät.

Rafik ballte eine Faust. »Yeah, was ist dein Problem, Mann?«

»Was ist deins?«

Na toll! Gleich lagen sie sich in den Haaren. Sie hatte sie in eine unmögliche Situation gebracht.

»Wir könnten eine Runde Billard spielen«, schlug sie schnell vor und zeigte auf den freien Pooltisch.

»Gute Idee«, sagte Rafik und trank das Bier in einem Zug aus. War er von allen guten Geistern verlassen?

Rafik stellte das Glas fest auf den Tisch zurück. »Der Verlierer zahlt die nächste Runde.«

Das konnte ja heiter werden.

»Du gewinnst nicht«, sagte Jan.

Wenn er sich da nicht täuschte. Rafik spielte im CuraNaus fast jeden Abend. Mit Gnomi, Marek, Gordon. Aber auch mit älteren Gegnern. Doch der Alkohol schien ihm bereits in die Birne zu steigen. Und Jan gewann.

»Revanche!«, knurrte Rafik.

Jan zuckte die Schultern. Rafik verlor auch das zweite Spiel. Er zeigte auf die Dartscheibe neben dem Tresen. »Kannst'd auch schießen?«

»Klar«, sagte Jan.

Diesmal gewann Rafik. Er hüpfte wie ein Schneider, der Hochzeit hält. »Yeah, ich mach dich fertig!«

»Alles oder nichts?«, fragte Jan.

Langsam wurde es peinlich.

Helga starrte auf die Uhr. Wie lange waren sie schon hier? Eine Stunde? Zwei?

»Ich bin auf der Toilette«, sagte sie endlich.

Keiner der beiden antwortete.

Vielleicht sollte sie zurück ins Internat gehen. Sie könnte sagen, dass ihr übel geworden sei. Ja, genau das würde sie tun. Sie verließ die Kneipe ohne ein Wort. Der Ausflug war der totale Reinfall!

Sie ging die Straße entlang und beobachtete die vorbeifahrenden Fahrzeuge. Ein Bettler hielt ihr einen ausgebeulten Hut entgegen. Sie zeigte bedauernd ihre leeren Hände.

»Helga«, rief Jan. Sie drehte sich um. Er lief ihr nach.

»Wohin willst du?«, fragte er.

Sie antwortete nicht.

»Es tut mir leid«, sagte er.

»Wo ist Rafik?«

»Der zahlt noch. Hör zu, wenn ...«

»Du hattest recht«, unterbrach Helga ihn.

»Womit?«

»Mit Rafik. Er will was von mir.«

»Was du nicht sagst.«

»Aber ich versteh das nicht. Er hat nie ...«

Rafik kam auf sie zugerannt und fiel ihr um den Hals. »Da ist ja mein Engel. Hat es eigentlich sehr weh getan, als du vom Himmel gefallen bist?«

Helga schob ihn von sich und wandte sich an Jan. »Wie viel hat er getrunken?«

»Nur das eine Glas.«

»Woin gehen wir als Nächstes?«, lallte Rafik.

»Heim«, sagte Helga entschlossen.

»Wird wohl das Beste sein«, sagte Jan.

»Schoooon?«, sagte Rafik. Sie gingen ein Stück.

Vier Jungs tauchten vor ihnen auf. Sechzehn bis siebzehn Jahre alt. Sie kamen vom Bahnhof herauf. Hörten Rapmusik. Schlugen zum Rhythmus ihres Ghettoblasters auf Mülltonnen und Werbeplakaten.

»Einfach weitergehen«, sagte Jan. Helga beschleunigte ihre Schritte. »Nicht rennen!«

»Wieso? Haft ihr Angst?«, fragte Rafik belustigt. »Vor ein paar Rappern?

Die Jungen kamen näher. Drei trugen einen Irokesen-haarschnitt. Der Vierte wirre blonde Locken, die ihm ins Gesicht hingen. Dieser rempelte Rafik von der Seite an.

»Ey, Neger, kannst du nicht aufpassen.«

Rafik blieb stehen und starrte ihn mit glasigen Augen an.

»Was glotzt du so dämlich? Magst du keinen Rap?«

»Ich liiiiebe Rap.« Er zeigte auf den Ghettobaster. »Aber nicht aus so 'nem alten Teil.«

Das war nicht klug.

»Der Neger hat Mumm«, sagte der Blonde. »Beleidigt einfach mein Baby.« Die anderen drängten sich um ihn.

»Ich denke, der hat einfach keine Manieren.«

»Im Dschungel nie gelernt.«

»Versteht kein Deutsch, der Kanake.«

»Wie? Lange? Du? Schon? In? Deutschland?«

Rafik lachte. »Wies aussieht länger as du.«

Jan seufzte. »Geh weiter, Blödmann!«

Helga nickte und schubste Rafik an.

»Hör auf deinen Freund«, sagte der Blonde.

»Ist nicht mein Freund!«, sagte Rafik. Er stellte sich breitbeinig vor den Blonden.

Helga schüttelte den Kopf. Warum machte er das?

»Ich polier dir die Fresse, Neger!«

»Tussst du nicht«, sagte Rafik.

»Ach ja? Und warum nicht?«

»Du hast nur 'ne große Schnauze.«

Der Typ ballte eine Faust.

»Nicht«, sagte Jan. »Wir sind schon weg.«

»Nix da.« Der Blonde lächelte Helga schmierig an und spielte mit der Zunge. Sie senkte angewidert den Kopf. Wo hatte Rafik sie da hineingeritten?

Der Kinnhaken traf ihn völlig unvorbereitet. Rafik drehte sich zweimal im Kreis und ging zu Boden. Er fuhr sich über die aufgeplatzte Lippe. »Ihr Schweinehunde«, schimpfte er und versuchte aufzustehen. Er kam nicht dazu. Sie traten ihm in den Rücken, auf die Schultern, in den Bauch.

»Okay, habs kapiert«, japste er endlich, doch die Vier traten weiter auf ihn ein.

»Aufhören!«, kreischte Helga. »Ihr bringt ihn ja um!« Sie machte einen Schritt, doch Jan hielt sie davon ab, irgendetwas Dummes zu tun.

»Lass mich los!«, sagte sie.

»Ja, lass sie los«, lachte der Blonde. »Ich glaub die Kleine hier, braucht mal nen richtigen Kerl.«

»Rühr sie an und du bist tot!«, zischte Jan. Sie ließen von Rafik ab und der Blonde machte zwei langsame Schritte auf Jan zu. Jan schob Helga zur Seite, rührte sich selbst aber nicht von der Stelle.

»Kannst deinem Freund am Boden gleich Gesellschaft leisten«, sagte der Blonde. Dann holte er zu einem Schlag aus. Doch er schlug in die Luft. Bevor die Faust Jans Gesicht traf, trat der einen Schritt zur Seite und blieb außerhalb seiner Reichweite stehen. Der Blonde kniff die Augen zusammen und trat noch zwei schnelle Schritte vor. Jan wich wieder aus.

Helga reichte Rafik die Hand und half ihm auf. Er verzog das Gesicht und hielt sich den Bauch. Hoffentlich konnte Jan die Typen noch eine Weile hinhalten.

»Noch können wir die Sache friedlich beenden«, sagte Jan.

Helga seufzte. Da müsste schon ein Wunder geschehen. Der Blonde lachte nur.

»Ich hab euch gewarnt.« Jan nahm einen kurzen Anlauf und trat ihm ins Gesicht. Er ging zu Boden.

Die Irokesen brauchten einen Moment, um zu kapieren, was gerade passiert war. Sie preschten vor, doch Jan war schneller. Die Spitze seines Stiefels bohrte sich in den Schritt des ersten Angreifers, der zweite bekam Jans Ellenbogen zu spüren, dem dritten sprang er mit beiden Beinen gegen die Unterschenkel. Der knickte ein, stolperte, behielt aber das Gleichgewicht. »Ich bring dich um!«, schrie er.

Jan legte den Kopf schief und musterte ihn nachdenklich. Dann schoss er wie eine Kanonenkugel auf ihn zu und riss ihn um. Es reichte nicht, um ihn zu verletzen, aber der Typ hatte genug und blieb liegen.

Leider war das nur Ablenkung.

»Hinter dir!«, rief Rafik. Der Blonde hatte ein Messer gezückt, um Jan damit abzustechen. Jan wirbelte herum und verpasste dem Blonden noch einmal einen Tritt mit dem Fuß.

Helga war sprachlos. Wo hatte er das gelernt?

Dann brüllte er alle vier an. »HAUT AB!«

Sie rappelten sich auf, nahmen ihr Radio und liefen davon.

Jan drehte sich um. »Alles okay?«

»Yeah, daaaas war ja der Hammer!«, sagte Rafik. »Kannst du mir das auch bleibringen?«

Jan sah ihn verdutzt an. Rafik würgte und kotzte auf die Straße. Es roch nach Buttersäure und Bier. Hoffentlich war ihm das eine Lehre. Er fuhr sich mit der Jacke über seinen Mund.

»Ich war scho ein Arschloch. Aber bist schon in Ordnung.« Er kratzte sich am Hinterkopf. »Und cooool.« Er wankte zu Jan und hängte sich auf seine Schultern.

»Ähm, schon okay«, sagte er.

Helga war sprachlos. Der Abend hatte eine interessante Wende genommen. Und als sie das Internat erreichten, waren Jan und Rafik fast so etwas wie Freunde.

Der neue Lehrer

Helga war erst einmal unten im Vorlesesaal gewesen, im Advent, bei einer kleinen Weihnachtsfeier, von der sie aber nicht viel mitbekommen hatte. Der Saal wirkte größer, als sie ihn in Erinnerung hatte. Nur die ersten beiden Reihen waren von ihren Klassenkameraden besetzt. Eine unangenehme kühle Atmosphäre. Warum musste der Literaturunterricht hier unten stattfinden?

Der neue Lehrer betrat pünktlich mit dem Läuten die Klasse.

Besser gesagt, er rollte.

»Guten Morgen«, sagte er freundlich und winkte den Schülern von seinem Rollstuhl aus zu.

Das erklärte alles. Die Schule hatte keinen Aufzug und das machte es für einen Rollstuhlfahrer unmöglich, die oberen Stockwerke zu erreichen.

»Ich bin Frederik Maurer, euer neuer Literaturlehrer.« Er rollte hinter den Schreibtisch. Dass dort kein Stuhl stand, bemerkte Helga erst jetzt.

»Und nun sagt mir eure Namen!« Er rückte seine Brille zurecht und betrachtete ein Gesicht nach dem anderen.

Als Helga an die Reihe kam, stutze sie. Warum glotze sie der Lehrer so lange an? Oder bildete sie sich das ein?

»Helga Ham«, sagte Maurer. Helgas Gesicht spiegelte sich in seinen dunklen Brillengläsern.

Sie runzelte die Stirn. Hatte sie ihm ihren Namen schon genannt? Maurer kratze sich am Bart, dann wandte er sich an Helgas Sitznachbarn.

»Rafik Odiah«, sagte Rafik.

Maurer beugte sich vor, dann streifte sein Blick Gordon. »Noch einer vom CuraNaus.«

Gordon nickte. »Woher wissen Sie das?«

»Ich weiß alles«, erklärte Maurer und tippte auf seine Unterlagen am Schreibtisch. »Weiter!«

»Als sich alle mit ihren Namen vorgestellt hatten, wandte sich Maurer an Rike, die in der ersten Reihe direkt vor ihm saß. »Ach Mädchen, sei so nett und gib mir doch bitte dein Buch.«

Rike reichte es ihm kommentarlos.

»Die Göttliche Komödie von Dante.« Er schlug das Buch in der Mitte auf und betrachtete kopfschüttelnd die Zeilen. Eine Armlänge von seinem Gesicht entfernt klappte er es wieder zu. »Lasst alle Hoffnung fahren, die ihr hier eintretet.«

Kichern aus der zweiten Reihe.

»Was gibt es da zu lachen?« Der neue Lehrer zeigte auf Alex. »Was kannst du mir über den alten Schinken erzählen?«

Noch mehr Kichern.

Helga drehte sich zu Alex um und wartete auf eine Antwort.

»Ähm«, begann der sommersprossige Junge. Es war allgemein bekannt, dass er keine Leuchte war. Fraglich, wie er es auf die Adele Baumgartner geschafft hatte. Er interpretierte nicht nur die meisten Geschichten völlig falsch und machte sich deshalb oft lächerlich, auch in Mathe stimmten seine Antworten zu neunundneunzig Prozent nicht.

Ausgerechnet ihn musste der neue Lehrer fragen. Das warf kein gutes Bild auf die Klasse. Sie machte sich auf das Schlimmste gefasst.

»Es geht um eine Reise«, sagte Alex.

»Und weiter?«, drängte der Lehrer.

»Um ... um eine spirituelle Reise.«

Helgas Hand schoss in die Luft.

»Um eine Reise eines ... eines Mannes, der, der, der in einer, ähm, *Midlifecrisis* steckt.«

Helga räusperte sich und hob die Hand noch höher.

»Also gut, wenn du uns mit deinem Wissen unbedingt behelligen willst, bitte.« Der Lehrer zeigte auf Helga und erlöste Alex, der erleichtert tiefer in seinem Stuhl sank.

Helga strahlte und nahm eine gerade Haltung ein. »Die Göttliche Komödie ist eine Reise durch dieses Universum. Sie versammelt nicht nur so gut wie das gesamte theologische und kosmische Wissen des Mittelalters, sondern ist auch ein Dokument der Zeitgeschichte der Gesellschaft und der Bericht einer inneren Wandlung. Außerdem spielt in dem Buch die Zahl Drei eine wichtige Rolle. Das epische Gedicht ist in drei Teile unterteilt: Die Hölle, der Läuterungsberg und das Paradies. Jedes dieser drei Bücher besteht wiederum aus dreiunddreißig Gesängen. Alle drei Jenseitsbereiche sind in neun Stufen unterteilt - neun ist die Quadratzahl der Drei. Die Versform ...«

Maurer hielt sich die Hand vor den Mund und gähnte. »Danke. Aber spar dir das für die nächste Mathematikstunde.«

Kichern.

Helga klappte den Mund zu und funkelte ihre Mitschüler an. Immerhin verhielt sich Alex mucksmäuschenstill.

»Lange Rede kurzer Sinn«, sagte Maurer. »Dante wird auf seiner Reise sechshundert Seelen historischer Personen begegnen, ehe er seine Krise übersteht und wir das Buch endlich zuklappen dürfen.«

Jetzt lachte auch Alex. Helga sah sich um. War sie die Einzige, die das *nicht* witzig fand?

Rafik verzog das Gesicht. Na wenigstens einer, der ...

Da griff er sich an den Bauch.

Hatte er schon wieder Schmerzen?

»Du solltest wirklich mal zum Arzt gehen«, sagte Helga.

Rafik schüttete den Kopf. »Der würde nur meine Blutergüsse sehen.«

»Was gibt es da zu flüstern?«, fragte Maurer. Helga öffnete den Mund, doch Rafik kam ihr zuvor.

»Nichts«, sagte er.

»Will ich auch hoffen«, sagte Maurer. Er schwieg einen Moment, dann fuhr er fort: »Wir wollen uns ab heute mit anderen Werken auseinandersetzen. Ich hasse Bücher, bei denen man zweimal umblättern muss, bis man zum Punkt kommt.«

Dieser Vorschlag stoß auf allgemeine Begeisterung.

Nur Helga schwieg. Sie konnte den neuen Lehrer nicht leiden.

Leviathan

Der erste Eindruck hatte sie nicht getäuscht.

Maurer hasste sie. Keine Ahnung, was sie ihm getan hatte. Warum er es auf sie abgesehen hatte. Aber er behandelte sie anders als die anderen. Gleich am nächsten Tag drückte er ihr den Schwamm in die Hand.

»Tafel abwischen!«, sagte er. Obwohl eigentlich Gordon Ordnungsdienst hatte.

Irgendein feierliches Gedicht stand drauf. Wahrscheinlich noch von Weihnachten, denn der Vorlesesaal wurde kaum benutzt.

»Ein bisschen schneller, bitte«, sagte Maurer.

Helga tauchte den Schwamm ins Wasser und rubbelte. Von oben nach unten, links nach rechts. Endlich war sie fertig.

»Das nennst du sauber?«, fragte Maurer. »Schon mal Milch verschüttet? Das sieht genauso aus.«

Die Klasse lachte.

Was war daran witzig?

»Na gib schon her!« Er riss ihr den Schwamm aus der Hand und stopfte ihn ins Fach.

Helga ging zu ihrem Tisch.

»Hiergeblieben«, sagte Maurer. »Ich kann von meinem Rollstuhl aus schlecht etwas an die Tafel schreiben. Das übernimmst du für mich.«

Sie blieb stehen, ohne sich umzudrehen. Das konnte doch nicht sein Ernst sein.

»Was ist jetzt?!«

Sie biss die Zähne zusammen und ging zurück an die Tafel.

Literatur war immer ihr Lieblingsfach gewesen. Nun hätte sie das Fach sogar gegen zwei Sportstunden getauscht.

Maurer diktierte ihr zehn Buchtitel, die verschiedener nicht sein konnten.

Das Parfum. Die unendliche Geschichte. Der kleine Prinz. Die Säulen der Erde. Herr der Fliegen. Der Alchimist ...

»Ich möchte, dass ihr euch eines der Bücher aussucht und einen Interpretationsaufsatz schreibt.«

Helga musste nicht lange überlegen. Die unendliche Geschichte hatten sie bereits im CuraNaus diskutiert. Da würde sie schnell ein paar Seiten zusammenhaben.

Maurer drückte ihr ein dickes Buch in die Hand.

Leviathan von Thomas Hobbes. Sie hatte noch nie davon gehört. Was sollte sie damit?

»Da du auf alte Schinken stehst, extra für dich.«

Helga sah ihn entgeistert an.

»Setz dich, und fang an zu lesen! Die anderen können mit ihren Aufsätzen beginnen. Ich bin hier vorne, wenn es Fragen gibt. Donnerstag ist Abgabetermin.«

Helga wog das Buch in ihrer Hand. Wie sollte sie das schaffen?

»Ist was?«, fragte Maurer. Sie schüttelte den Kopf und huschte zu ihrem Platz.

Das war echt gemein! Während die anderen zu Schreiben begannen, schlug sie Hobbes auf. Schon nach wenigen Seiten taten ihr die Augen weh. Diese winzige Schrift und erst die komplizierte Sprache. Sie las trotzdem weiter. Und verstand nichts. Dabei hatte sie diesbezüglich noch nie ein Problem gehabt. Sei es drum. Sie würde es einfach als Herausforderung sehen. Doch am Ende hatte die Stunde nur ein gutes, dass es keine doppelte war.

Sie raffte ihre Sachen zusammen, um aus dem Saal zu verschwinden. Schnell, bevor Maurer zu einem Leviathan mutierte. Ein gewaltiger Riese, dessen Körper aus unzähligen kleinen Menschen besteht. Das hatte sie schon verstanden. Wollte er ihr mit dem Buch seine uneingeschränkte und absolute Macht demonstrieren?

Schon kam er zu ihr hingerollt und zeigte zu den Fenstern.

»Aufmachen!«

Helga öffnete den Mund. Jetzt reichte es!

Da kam ihr Rafik zu Hilfe.

»Ich übernehme die rechte Seite.«

Maurer hinderte ihn wider Erwarten nicht daran. Während die anderen Kinder aus dem Saal stürmten, rissen Rafik und Helga die Fenster auf.

Frische Luft strömte herein. Helga nahm einen tiefen Zug. Dann ging sie weiter.

Das letzte Fenster war etwas höher und sie musste auf das Fensterbrett steigen, um es aufzubekommen. Sie sah hinaus. Auf die Straße. Autos rasten vorbei.

Plötzlich starrte sie in ihr eigenes Gesicht. Es spiegelte sich in Maurers Brillengläser. Er hatte die Hand nach ihr ausgestreckt.

»Komm, ich helfe dir runter«, sagte er freundlich.

Sie packte zu und sprang auf den Fußboden. »Danke«, sagte sie schnell und wartete, dass noch was kam. Doch sie irrte sich. Maurer sagte nichts mehr und so verließ sie mit Rafik den Saal.

Es war natürlich Einbildung. Aber einen Moment hatte es so ausgesehen, als wolle er sie aus dem Fester schubsen.

Vogelkäfigfrei

Helga war auf dem Weg in den Speisesaal und in bester Laune. Erstens, weil Freitag war, und an diesem Tag kein Literaturunterricht stattfand, zweitens, weil sie am Samstag mit Jan verabredet war.

Sie verbrachten mittlerweile jedes Wochenende miteinander. Und sie war bereit, den nächsten Schritt zu gehen. Sie wollte ihm sagen, dass sie fünfzehn geworden war und ihn dann küssen.

Doch im Speisesaal erwartete sie eine Überraschung.

Die Direktorin stand breitbeinig vor der Essensausgabe, die Arme vor der Brust verschränkt.

Das war ja etwas ganz Neues. Sie aß normalerweise nicht mit den Schülern.

Ihrem Gesichtsausdruck nach zu urteilen, wollte sie das auch gar nicht. Irgendetwas war vorgefallen. Irgendetwas Schlimmes.

Die Novak wartete, bis sich die Schüler aller vier Klassen im Speisesaal eingefunden hatten. Dann fing sie an zu sprechen.

»Wisst ihr, was das ist?« Sie hielt einen blassrosa Zettel in die Luft.

Helga kniff die Augen zusammen, konnte die Schrift darauf aber nicht entziffern.

»Das ist die Schulordnung. Von allen zur Kenntnis genommen und unterzeichnet.« Sie räusperte sich. »Ich hasse die Missachtung von Regeln.« Sie blickte über ihre Schulter. »Rudolph, bitte, Sie können jetzt hereinkommen!«

Herr Sauerzopf trat neben sie, in seinen Händen einen Vogelkäfig.

Nicoles Rabe!

»Aus Punkt Acht der Schulordnung geht hervor, dass das Halten von Haustieren aller Art im gesamten Internat verboten ist. Also, wem gehört das Vieh?«

Helga starrte unauffällig zu Nicole, aber die rührte sich nicht.

»Niemand?«, fragte die Direktorin zwei Oktaven höher. »Nun, dann ist der Vogel wohl alleine mit dem Käfig aufs Dach geflogen. Und das mit nur einem halben Flügel.« Sie holte Luft. »Das arme Tierchen. Das Beste wird sein, ihm auf der Stelle den Hals umzudrehen.«

Einen Moment war es mucksmäuschenstill. Es war nicht zu übersehen, dass die Direktorin auf eine Gefühlsregung des Besitzers hoffte.

Doch sie wurde enttäuscht. Liebte Nicole ihren Raben nicht?

Die Direktorin schnalzte mit der Zunge. »Mittagessen gibt es erst, wenn ich weiß, wem dieses Vieh gehört.«

Doch auch diese Androhung brachte nicht den gewünschten Erfolg.

»Okay, ich habe verstanden. Heute kein Mittagessen. Und keine Ausgänge mehr, und zwar so lange, bis sich der Besitzer in meinem Büro meldet. Kommen Sie!« Novak winkte Sauerzopf mit dem Käfig hinter sich her. »Schließen Sie das Buffet«, befahl sie den Bedienungen. Und eilte aus dem Saal.

Sofort wurde es laut.

»Wie hat sie das gemeint?«

»Kein Essen?«

»Keine Ausgänge? Gar keine!?«

»Wenn ich den Deppen in die Finger kriege, der ...«

Murren und Maulen rundherum. Nicole wurde von Manu in eine Ecke gedrückt, doch sie stieß sie weg und lief aus dem Saal. Was würde sie jetzt tun? Das unerlaubte Halten des Vogels war schon schlimm genug, aber die Tatsache, dass Sauerzopf ihn auf dem Dach gefunden hatte ...

Er musste nochmal oben gewesen sein. War der Fernseher wieder ausgefallen?

Helga schüttelte den Kopf. Das alles brauchte sie nicht zu interessieren. Sie hatte mit dem Ganzen nichts mehr zu tun.

»Helga.« Jan stand plötzlich hinter ihr.

Sie drehte sich um, und mit einem Mal fiel ihr ein, was die Ausgangssperre für sie und ihn bedeutete.

»Was machen wir denn jetzt?«

»Nicole fällt bestimmt etwas ein«, sagte Jan.

Doch nach drei Wochen war Nicole immer noch nichts eingefallen, und wie es aussah, würde ihr auch nichts mehr einfallen. Es würde sich niemand wegen des Vogels melden und die Ausgangsperre würde bis zum Ende des Schuljahres bestehen bleiben.

Sie hatte es satt, Jan nur beim Mittagessen zu sehen. Und wenn *sie* der Direktorin einen Tipp gab? Nur einen kleinen? Nein! Daran durfte sie gar nicht denken. Sie war keine Petze. Außerdem wollte sie sich nicht ausmalen, was Nicole und die anderen dann mit ihr machen würden.

Sie seufzte. Die Wahrscheinlichkeit, Jan zu küssen, ehe die Schule vorüber war, sank von Tag zu Tag.

Zu allem Überfluss hatte sie noch ein ganz anderes Problem.

Frederik Maurer.

Er schikanierte sie immer noch.

Mit einem Karton auf seinen Oberschenkeln rollte er in den Vorlesesaal. Sah schwer aus. Was mochte da drin sein?

»Guten Tag, Klasse.«

»Guten Tag, Herr Maurer.« Die Schüler setzten sich.

»Ihr werdet heute eine Prüfung schreiben«, sagte er und hob bedauernd die Hände. »Ist nicht auf meinem Mist gewachsen. Die Direktorin besteht darauf. Es geht dabei um irgendeinen Wettbewerb, also enttäuscht mich nicht.«

Er klopfte auf den Karton. »Ihr seht müde aus, und ich will nicht, dass ihr während der Prüfung einnickt. Darum habe ich euch etwas mitgebracht.« Er zog eine Dose heraus. »Cola für alle.«

»Yeah«, rief Rafik neben Helga und weitere Freudenrufe folgten. Der Lehrer wusste anscheinend, wie er sich bei den Schülern einschleimen konnte. Aber Cola? Was kam als Nächstes? Red Bull?

Er fuhr zu den Schülern, um die Getränke zu verteilen.

»Warten Sie, lassen Sie mich das machen.« Kerstin sprang auf und wollte ihm den Karton vom Schoß nehmen.

»Nicht«, rief der Lehrer und krallte seine Hände über die Dosen. »Setz dich wieder hin, ich mach das.«

Helga runzelte die Stirn. Merkwürdige Reaktion. Wieso wollte er sich nicht helfen lassen? War es nicht egal, wer die Dosen austeilte? Maurer starrte sie kurz an. Ha, bestimmt wollte er, dass sie das übernahm. Doch Helga täuschte sich. Maurer rollte selbst von Schüler zu Schüler.

Als sie an die Reihe kam, schüttelte sie den Kopf. »Danke, ich mag keine Cola.«

»Seit wann?«, fragte Rafik.

»Immer schon«, knurrte sie. Sie bekam von dem Zeug einen Ausschlag. Musste sie sich dafür rechtfertigen?

»Klar nimmst du eine«, fuhr sie Maurer an.

Helga öffnete den Mund und schloss ihn wieder. Es war wohl besser, das Getränk einfach anzunehmen.

»Darf ich sie haben«, meinte Rafik und griff nach der Dose, bevor es Helga tun konnte.

»Kommt nicht in Frage«, erwiderte Maurer und schlug ihm die Dose aus der Hand. Anstatt sie dem nächsten Schüler zu reichen, stopfte er sie zurück in den Karton. Mit zusammengebissenen Zähnen rollte er weiter.

Erst am Abend fiel ihr ein, dass genau diese Dose, die für sie bestimmt war, am Ende im Karton geblieben war.

Der Einbruch

Die Glocke der nahegelegenen Stadtpfarrkirche schlug zwölf Mal. Mitternacht. Helga drehte sich von der einen auf die andere Bettseite. Schlafen. Sie sollte längst schlafen. Doch irgendetwas hielt sie wach.

Plötzlich ...

Ein Schatten!

Sie wollte schreien. Zu spät.

Jemand presste eine Hand auf ihren Mund.

»Ganz ruhig«, flüsterte die dunkle Gestalt.

Helga erstarrte. Diese Stimme! War das nicht ...

Maurer!

Mein Gott, wie war er hier hochgekommen? Wo war sein Rollstuhl?

»Du machst es einem wirklich nicht leicht«, sagte er ruhig. »Dabei hättest du das Gift nur trinken müssen.« Er schüttelte den Kopf. »Aber du hältst dich wohl für besonders schlau. Dann eben auf die harte Tour.« Mit einem Ruck zog er ihr das Kissen weg und presste es auf ihr Gesicht.

Sie schlug um sich. Doch keine ihrer Mitbewohnerinnen erwachte. Niemand eilte ihr zu Hilfe.

Helga rang verzweifelt nach Luft. Sie würde sterben. Jetzt und hier. Was hatte sie getan? Helle Punkte tanzten über ihre Augen, dann verlor sie das Bewusstsein.

Im selben Moment wachte sie auf.

Benommen blinzelte sie in die Dunkelheit. Sie lag immer noch in ihrem Bett. Unverändert. Und sehr lebendig.

Ihr Herz schlug so schnell, dass sie glaubte, es wolle ihr aus der Brust springen.

Ein Traum. Kein Maurer, der sie ersticken wollte. Sie hatte nur schlecht geträumt. Die Haare klebten in ihrem Gesicht, das Nachthemd auf ihrer Haut.

Sie schlich ins Badezimmer, spritze sich Wasser ins Gesicht.

Maurer. Sein billiges Aftershave hing noch immer in der Luft. Doch das war natürlich Einbildung. Er war nicht wirklich hier gewesen. Wie auch?

Trotzdem würde sie in Zukunft keine Sekunde mehr ruhig schlafen können. Nicht solange sie nicht wusste, warum der Lehrer sie töten wollte. Sie musste etwas unternehmen, brauchte Gewissheit.

»Was?« Jan schüttelte ungläubig den Kopf. Er sah Helga an, als hätte sie den Verstand verloren. »Maurers Büro? Das willst du nicht wirklich.«

»Doch! Sonst hätte ich dich nicht gefragt.«

»Was ist mit deinen Prinzipien? Es ist noch nicht lange her, da ...«

»Hier geht es nicht um Prüfungsfragen.«

»Was willst du dann in seinem Büro?«

»Du würdest es mir sowieso nicht glauben. Aber es ist wirklich, wirklich wichtig. Bitte!«

Jan seufzte. »Ich wünschte, du würdest mir sagen, was los ist.« Er wartete einen Moment, dann sagte er: »Okay, ich helfe dir.«

Primetime. Das war die beste Zeit, um in ein Büro einzubrechen. Davor lief man Gefahr, dem Hausmeister zu begegnen, der erst um zwanzig Uhr Feierabend machte. Nach einundzwanzig Uhr hatten alle Schüler in ihren Zimmern zu sein, was von Herrn Pridel oder dem Aufsichtslehrer kontrolliert wurde. Also blieb ihnen nur die halbe Stunde bis neun, in der ihnen niemand begegnen würde.

»Und ich sage dir nochmal, allein ist die Sache ganz schön gefährlich.«

Jan hatte vorgeschlagen, seine Freunde um Hilfe zu bitten, doch Helga war strikt dagegen gewesen. Sie hätten ihnen wahrscheinlich sowieso nicht geholfen, die Gänge und Türen zu sichern. Warum auch?

Nachdem, was vorgefallen war.

Es musste ohne sie gehen. Auch wenn Helga damit riskierte, von der Schule zu fliegen.

Jan führte einen spitzen Haken in das Türschloss. Das Ding sah andere aus, als beim letzten Mal. Wie viele davon hatte er?

Es klickte und Maurers Bürotür sprang auf.

Sie schlichen durch die Tür und schlossen sie leise.

Jan knipste das Licht an.

Helga fuhr erschrocken zusammen. »Bist du verrückt?«

»Das merkt keiner. Außerdem, wie willst du sonst etwas finden? Wonach suchen wir?«

Helga zuckte die Schultern. Wenn sie das wüsste. Ein Fläschchen mit Gift? Geheime Notizen? Irgendetwas, das bewies, dass der Lehrer sie umbringen wollte? Sie sah sich um. Ein Schreibtisch, zwei Schränke, ein Bücherregal. Womit sollte sie beginnen?

»Guck dir die ganzen Bücher da durch. Und wenn du irgendein Werk findest, das dir komisch vorkommt, dann sag es mir.«

Jan ging kommentarlos zum Bücherregal. Unwahrscheinlich, dass er dort irgendetwas entdecken würde, aber sie musste ihn irgendwie beschäftigen. Sie wandte sich dem Schreibtisch zu. Die Oberfläche war leer bis auf eine runde Dose, in der allerlei Stifte steckten. Gut, dann eben zu den Schubladen. Erstes Fach, DIN A4 Papier. Zweites Fach, Kuverts und Briefmarken. Drittes Fach, bedruckte Skripten. Viertes Fach. Eine Aktentasche! Sie nahm sie heraus, öffnete sie. Eine Schülerliste, die Schulordnung, ein Plan des Schulgebäudes, eine Zusammenfassung literarischer Werke. Nichts von Bedeutung.

Sie packte alles zurück, schob auch die letzte Lade wieder zu, und ging zu den Schränken.

Leer. Helga ließ den Kopf hängen.

Jan legte eine Hand auf ihre Schulter. »Alles okay?«

Was hatte sie sich erhofft? Sie wusste es selbst nicht. Eigentlich müsste sie froh sein. Nichts deutete darauf hin, dass der Lehrer es auf sie abgesehen hatte. Keine gefährlichen Substanzen, keine sinisteren Notizen, nichts.

Sie hatte sich umsonst Sorgen gemacht.

»Lass uns gehen.«

Jan nickte. »Okay, aber vielleicht interessiert dich ja das hier.« Er hielt ihr ein Buch entgegen. »Das stand rechts außen in der letzten Reihe. Passt nicht zu den anderen Büchern.«

Giftpflanzen und ihre tödlichen Wirkungen stand auf dem Einband.

Helga riss die Augen auf.

»Hier!« Jan schlug das Buch in der Mitte auf und hielt es Helga entgegen. »Europas giftigste Pflanze in unseren Gärten«, murmelte er. »Er hat die Seite markiert.«

Ein Zettel klemmte zwischen den Seiten.

Alle Farbe wich aus ihrem Gesicht. Ein Zettel aus albasterweißem Papier, durch den ein mintgrüner Streifen lief. Dasselbe Papier, das Japhet benutzt hatte im Turm. Ein Zufall?

Nein! Japhet hatte ihr nie den Brief geschrieben. Sondern Maurer!

Plötzlich drehte sich ein Schlüssel im Schloss.

Deus ex Machina

Verstecken! Sie mussten sich verstecken! Aber wo?

Die Vorhänge reichten nicht bis zum Boden und unter dem Schreibtisch passte nicht einmal ein Abfallkorb.

Was jetzt?

Jan drückte Helga an die Wand und knipste das Licht aus.

Super Idee! Maurer würde es wieder einschalten, sobald er über die Schwelle fuhr.

Die Tür ging auf und er rollte auf sie zu. Helga machte sich auf das Schlimmste gefasst, als ...

»Herr Lehrer!« Nicoles Stimme am Gang. »Gut, Sie zu sehen! Ich ...«

Der Rollstuhl stoppte.

»Was hast du hier zu suchen?«, unterbrach Maurer sie schroff.

»Ameisen«, sagte Nicole. »In den Zimmern. Sie müssen von hier unten irgendwie ...«

»Das interessiert mich nicht«, sagte Maurer. »Geh sofort wieder nach oben!«

»Aber ...«

Maurer rollte von der Tür weg, ein Stück auf sie zu. »Das kannst du morgen dem alten Sauerzopf erzählen! Abmarsch!«

Plötzlich gingen überall im Haus die Lichter aus. Am Gang, im Flur, in den Zimmern, selbst im Innenhof.

»Was ist denn jetzt los?«, schimpfte Maurer.

»Ich, ich kann nichts sehen«, stammelte Nicole.

Jan schnappte Helgas Hand und flüsterte: »Bleib dicht hinter mir.« Er führte sie aus dem Büro, an Maurer vorbei, weg von der Tür. Sie ging auf Zehenspitzen, doch ihre Schritte waren trotzdem zu hören.

»Ist da jemand?«, fragte Maurer.

»Ja, ich«, rief Nicole. »Könnten Sie ...«

»Ruhe!«, fauchte Maurer.

Jan nutzte den Moment und zog Helga durch die stockfinstere Halle. Immer weiter fort. Bis sie nicht mehr zu hören waren.

Ohne Jan wäre sie gegen tausend Hindernisse geknallt, doch er führte sie sicher über den Linoleumboden. Oder waren das bereits Fließen unter ihren Füßen? Er stoppte kein einziges Mal. Hatte er Katzenaugen?

»Stufe«, flüsterte er plötzlich und Helga stoß mit dem Fuß dagegen. Waren sie schon im Treppenhaus?

»Wie machst du das?«, fragte sie.

»Pssst«, sagte Jan.

Kurz darauf saßen sie auf einer Couch im zweiten Stock, wahrscheinlich in der Leisen Stube. Doch sicher war sie nicht. Sie hatte vollkommen die Orientierung verloren.

»Das war knapp«, sagte Jan.

»Das war sogar sehr knapp. Ohne Nicole und dem Stromausfall säßen wir jetzt ganz schön tief in der Tinte. So ein Glück muss man erst mal haben.«

»Das war kein Glück«, sagte Jan.

»Nein?!«

»Nicole ist nicht zufällig aufgetaucht.«

»Ich versteh kein Wort.«

»Sauerzopf hält ihren Raben in seiner Werkstatt gefangen. Ich schließe ihr manchmal die Tür auf. Darum war sie mir noch einen Gefallen schuldig. Hätte sie Maurer nicht abgelenkt, hätte ich nicht für den Kurzschluss sorgen können.«

»Das warst du? Aber ... Das kann doch gar nicht sein. So schnell?«

»Ist einfacher als Schlösserknacken. Hast du dir schon mal die Steckdosen hier angesehen? Die gleich unter dem Lichtschalter war besonders leicht zu manipulieren.«

»Okay, MacGyver. Wer hat dir das alles gezeigt? Woher ...«

»Nein«, unterbrach er sie. »Du bist dran! Warum sind wir da eingebrochen? Was hat es gebracht?«

»Du würdest mir sowieso nicht glauben.«

»Lassen wir es darauf ankommen.«

»Okay«, platzte sie heraus. »Die Sache im Wasserturm. Das war kein Unfall. Das war Maurer.«

»Maurer?«

»Er wollte mich umbringen. Doch es hat nicht geklappt, deswegen versucht er es jetzt mit Gift.«

»Ähm ...«

»Siehst du. Ich wusste, dass du mir nicht glaubst.«

»Ich habe doch gar nichts gesagt.« Er streichelte ihr über die Haare.

Helga genoss die Berührung. »Du musst mich für verrückt halten.«

»Verrückt finde ich nur, dass sich ein Literaturlehrer für Giftpflanzen interessiert.« Er nahm ihren Kopf zwischen seine Hände und küsste sie auf die Stirn. »Ich denke, dass er ein Geheimnis hat. Allerdings können wir deswegen nicht ... Wir können niemanden ...«

Helga nickte. Sie konnte mit ihrem Verdacht nicht zur Direktorin gehen. Ein Pflanzenbuch war kein Beweis, dass sie der Lehrer vergiften wollte. Schon klar.

Doch was sollte sie tun?

»Ich werde ihn unter die Lupe nehmen«, sagte Jan.

»Wie meinst du das?«

»Naja, man muss nicht in der Baker Street 221b wohnen, und Sherlock Holmes heißen, um etwas über eine Person herauszufinden.«

Helga lächelte schief. »Doyle?«

»Ich liebe die Bücher einfach.«

»Genau wie Sem«, murmelte sie.

»Jan schluckte. »Willst du mir nicht endlich sagen, wer das ist?«

Er hatte recht. Es war an der Zeit mit ihm über Sem zu sprechen. Da ging das Licht wieder an.

Sie fuhren auseinander.

Verdammt!

»Wir müssen hoch«, sagte Jan. »Sofort!«

Sie nickte widerwillig.

»Wir reden morgen weiter. Versprich mir nichts Dummes anzustellen. Um Maurer kümmere ich mich.«

Der Wettbewerb

Am nächsten Tag ging Helga zum Frühstück in den Grünen Salon, als ...

Autsch!

»Guck, wo du hinläufst.« Sauerzopf schob sie sanft zur Seite und ging weiter.

Helga setzte zu einer Entschuldigung an, doch Sauerzopf drehte sich nicht mal um.

Sie starrte ihm hinterher. Da tauchte Patricia auf.

»Er muss sämtliche Leitungen überprüfen«, verkündete sie ungefragt.

»Warum das?«

»Na, wegen des Stromausfalls.«

Helga riss die Augen auf.

»Gestern. Nicht mitbekommen? Hast wohl schon geschlafen.«

Das hatte sie definitiv nicht! Doch Helga nickte nur, ließ Patricia stehen und ging zum Frühstücksbuffet. Dort nahm sie sich ein Brot und schmierte Butter drauf.

Was Jan jetzt wohl gerade machte? Ob er schon etwas unternommen hatte? Sie biss in das Brot, doch es schmeckte nicht.

»Brauchst du die Butter noch, oder kann ich sie auch mal?«, fragte Kerstin plötzlich und riss ihr die Dose aus der Hand.

»Da fehlt ein Verb«, sagte Helga automatisch. Für die Butter interessierte sie sich nicht. Sie hatte überhaupt keinen Hunger.

Frau Ringelrötel stand plötzlich neben ihr. »Du sollst dich bei der Direktorin melden«, sagte sie.

Helga schluckte. Wusste die Novak von dem Einbruch?

»Augenblicklich!«, sagte Ringelrötel.

Helga sprang auf. »Ich geh ja schon.«

Kurz vor dem Büro blieb sie stehen. Was sollte sie sagen, wenn ...

Nein, daran durfte sie nicht mal denken! Sie ging langsam weiter.

Vor der Tür warteten bereits drei andere Schüler. Markus und zwei Mädchen, deren Namen sie nicht kannte. Markus lehnte an der Wand, die beiden Mädchen saßen auf dem Boden. Eine davon machte Kaugummiblasen, die andere starrte in ein Buch.

Markus kniff die Augen zusammen. »Musst du auch zur Novak?«

Helga nickte. »Habt ihr eine Ahnung, worum es geht?«

Das Mädchen mit dem Buch stand auf. »Nein, und ich gehe wieder, wenn sie nicht gleich aufmacht. Ich verpasse Mathematik.«

»Na und?«, sagte die Kaugummikauerin.

Markus nahm Helga zur Seite. »Was sollte das, gestern?«, flüsterte er.

»Was meinst du?«

»Der Stromausfall. Ich kenne Jans Handschrift!«

Da ging die Tür auf und Maurer rollte heraus.

Was hatte der hier zu suchen? War er bei der Novak, um ihr von dem Einbruch zu erzählen? Hatte er was bemerkt?

Novak tauchte hinter Maurer auf und lächelte breit. »Schön, schön. Kommt nur herein, meine Lieben.« Zu Maurer sagte sie nichts, legte aber zum Abschied eine Hand auf seine Schulter. Der machte die Tür frei und rollte fort.

Helga atmete auf. Na immerhin blieb er nicht hier. Sie trat ein und staunte. Im Büro hatte sich seit dem letzten Mal nichts verändert. Gar nichts!

Novaks Schreibtisch war noch immer von handschriftlichen Notizen, Parfum, Nagellack, Haarspray, Hautcreme, Deodorant und bunten Medikamentenschachteln übersät.

»Tür zu!«, sagte die Direktorin zu Markus, der als Letzter eintrat. Sie setzte sich hinter ihren Schreibtisch, ohne Helga und den anderen einen Platz anzubieten. »Meinen Glückwunsch. Ihr gehört zu den Besten eures Jahrganges und habt euch zu einem Wettbewerb qualifiziert.« Sie reichte ihnen den Literaturtest. Helga starrte auf die Blätter. Der Test, den Maurer ausgeteilt hatte. Den hatte sie ganz vergessen. Er war fehlerfrei. Verdammt. Hätte sie gewusst, dass sie sich damit für einem Wettbewerb qualifizieren würde, hätte sie absichtlich ein paar Fragen ausgelassen. Dafür hatte sie nun wirklich keinen Kopf.

»Ich verstehe nicht ganz«, sagte Markus.

»Hört zu«, sagte die Direktorin. »Es ist ein Wettbewerb, bei dem die besten Schüler unserer Schule, gegen die besten Schüler anderer Schulen antreten, und ihr Wissen unter Beweis stellen. Ein Quiz, das im Rahmen der Buchmesse stattfinden wird.«

Helga atmete tief durch. Also in drei Wochen! »Welche Lehrer werden dabei sein?«

»Nur Maurer«, antwortete Novak und Helga wurde kreidebleich.

»Ihr werdet euch bis dahin auf den Wettbewerb vorbereiten. Eine bessere Möglichkeit, in der Öffentlichkeit zu glänzen, gibt es nicht.«

»Wenn ich nicht muss, würde ich lieber hier bleiben«, sagte Helga. Sie erntete einen schrägen Blick von Markus und den beiden Mädchen.

Die Direktorin lächelte. »Du musst aber.«

Mörderischer Ausflug

»Du kannst nicht mit zu dem Wettbewerb fahren. Nicht nachdem, was mit Sem passiert ist«, sagte Jan.

Helga hatte ihm endlich alles über Sem erzählt.

»Glaubst du wirklich, das hängt alles irgendwie zusammen?«, fragte Helga.

»Natürlich. Der weiß doch längst, wer in seinem Büro war. Und hat uns trotzdem nicht verraten! Wenn ich nur wüsste, warum?«

»Dann hast du immer noch nichts über Maurer herausgefunden?« Seit zwei Wochen nahm Jan Maurer unter die Lupe.

»Naja«, stammelte er. »Da gibt es nichts.«

Helga starrte ihn über das Essen hinweg an. »Gar nichts? Novak hat doch gesagt, dass er zuvor im Langenscheid-Istitut unterrichtet hat.«

»Eine Lüge.«

»Aber das ist doch gut. Das müssen wir Novak erzählen.«

Jan schüttelte den Kopf. »Die ist doch nur froh, einen Ersatz gefunden zu haben.«

»Dann können wir nichts tun?«

Jan überlegte. »Du könntest krank spielen.«

Helga lächelte schwach. »Damit komm ich nicht durch. Nicht seit Novak weiß, wie ablehnend ich dem Ausflug gegenüberstehe. Außerdem bin ich keine gute Schauspielerin.«

Ein paar Tische weiter zerbrach ein Glas. Rafik bückte sich, um die Scherben aufzuheben. Leises Fluchen war zu hören. Margarethe kam ihm zu Hilfe, doch Rafik bedankte sich nicht dafür. Gebeugt verließ er den Speisesaal. Hatte er schon wieder Bauchschmerzen?

Jan sprang auf und tippte sich an die Stirn. »Das ist es!«

»Was?«

»Ich habe eine Idee.«

Helga sah ihn fragend an.

»Serafine war nur um einen Punkt besser als ich. Ich werde ihren Platz einnehmen«, erklärte Jan.

»Wie willst du ...«

»Abwarten.«

Und tatsächlich. Am nächsten Montag setzte sich Jan statt Serafine neben Helga ins Auto.

»Na, zu viel versprochen?«

»Danke«, flüstere Helga. »Ich hoffe, sie hat nichts Ernstes.«

»Durchfall«, sagte Jan nüchtern.

Maurer rollte neben die Fahrzeugtüre. Er war elegant gekleidet, schwarze Hose, kariertes Hemd, dicke rote Manschettenknöpfe am Ärmel.

»Oh Gott, hätten wir uns auch so herausputzen müssen?«, fragte Susan. Sie hatte schon wieder einen Kaugummi im Mund.

Maurer hievte sich elegant auf den Fahrersitz und streichelte über das Handbediengerät. Ob der Wagen eigens für Maurer umgebaut worden war?

Markus klappte den Rollstuhl zusammen und verstaute ihn im Kofferraum. Dann setzte er sich auf den Beifahrersitz.

»Bereit?«, fragte Maurer und blickte durch die dunkle Scheibe, die die vorderen Sitze von den hinteren trennte.

»Und wie«, sagte Susan. Ihre Pipi-Langstrumpf-Zöpfe wippten bei jeder Bewegung. War sie die Einzige, die sich auf den Ausflug freute?

Maurer startete den Motor. Er wirkte entspannt und so, als freue er sich tatsächlich auf den Wettbewerb. Helga griff nach Jans Hand. Hatte sie sich alles nur eingebildet?

Jan streichelte über ihre Finger. Ein wohliges Kribbeln fuhr ihr in den Bauch.

Zehn Minuten später hielt Maurer an einer Tankstelle und wandte sich an Markus. »Sei so gut und hol uns etwas zu trinken.« Er reichte ihm ein paar Münzen.

»Ähm ... okay, was wollt ihr?«, fragte er.

Helga schüttelte den Kopf. Nichts für sie.

»Eine Sprite«, sagte Jan.

»Für mich auch«, sagte Susan.

Maurer lächelte. »Gut, dann nehme ich auch eine.«

Markus knallte die Autotür hinter sich zu und lief zur Tanke.

Kaum war er im Geschäft, griff sich Maurer an die Stirn. »Ach, ich wollte ja auch noch ein paar Schokoriegel haben. Jan wärst du so nett?«

Helga hielt ihn fest.

»Ich geh schon«, rief Susan, riss die Tür auf und folgte Markus.

Maurer atmete tief durch, dann starrte er in den Rückspiegel. »Auch gut.« Seine Augen blitzen. Er startete den Motor.

Mit quietschenden Reifen brauste er los.

Jan trommelte gegen die Scheibe. »Was soll das?«, brüllte er.

»Panzerglas«, erklärte Maurer, ohne langsamer zu werden.

Es machte klick. Das waren die Seitentüren.

Maurer fuhr eine scharfe Rechtskurve und bremste dann abrupt.

Helga riss an der Tür. Vergeblich.

Sie sah aus dem Fenster.

Schranken!

Eisenbahngleise!

Sie standen genau auf den Schienen.

Helga schluckte.

»Sie sind ja verrückt«, schrie Jan.

Maurer starrte Helga an. »Du hättest schon im Wasserturm draufgehen sollen.«

Sie schnappte nach Luft. »Was habe ich Ihnen getan?«

Er blickte auf die Uhr, öffnete die Fahrertür. »In drei Minuten kommt der Zug.« Er rollte aus dem Fahrzeug, landete auf den Gleisen. Mit den Händen robbte er sich vom Auto weg. Aus der Gefahrenzone.

»Ich hatte die ganze Zeit recht«, schrie Helga.

»Platz!« Jan schob sie beiseite, warf sich auf den Rücken und trat gegen die Fensterscheibe.

Nicht ein Riss.

Super.

Er trat noch einmal zu. Und noch mal.

Zwecklos. In der Ferne pfiff ein Zug.

»Vielleicht ...« Er trat gegen die Tür.

»Kannst du sie nicht aufknacken?«

»Nein.« Er trat noch einmal dagegen. Seine Tritte wurden aggressiver, schneller. »Hier ist kein Schloss.« Er keuchte. Helga drehte sich um, hämmerte gegen die Heckscheibe.

Die rote Ampelanlage begann zu blinken, und neben ihnen senkte sich die automatische Schranke herunter.

Drei Lichter.

Der Zug!

Sie sah sich um. Gab es irgendetwas, mit dem sie zuschlagen konnte?

Nein nichts!

Sie würde sterben, wie ihre Eltern. In einem Auto. Sie griff nach ihrem Medaillon und umklammerte es fest.

Dann klappte sie es auf. Ihre Eltern und ihr Bruder lächelten sie an.

Komm zu uns!

Helga weinte.

Jan nahm sie bei der Hand. »Es tut mir leid.«

Die Scheinwerfer des Zuges blendeten in das Innere des Fahrzeuges und sie hörte das metallene Schlagen der herannahenden Räder auf den Gleisen.

Helga drückte sich an Jan. Die letzten Sekunden mit ihm. Sie wünschte, sie hätten mehr Zeit gehabt.

Tränen tropften auf ihre Hände, das Foto, das Medaillon.

Räder kreischten, Funken sprühten.

Der Zug würde nicht rechtzeitig halten.

Dann krachte Metall auf Metall und das Fahrzeug wurde hochgeschleudert.

Und dann war es plötzlich still.

Jan? Sie schluckte. Er rührte sich nicht. Nichts rührte sich.

Sie starrte aus dem Fenster. Zwei Meter unter ihr stand der Zug, erstarrt. Metallteile schwebten in der Luft.

Standen in der Luft.

Es war, als hätte jemand die Zeit angehalten.

»Jan?«

Er reagierte nicht.

Helga löste sich aus seiner Umarmung.

Der hintere Teil des Autos war aufgerissen. Sie konnten problemlos abspringen.

Sie griff nach Jans Hand. »Wir müssen runter.«

Sie zerrte mit aller Kraft und ...

Rückwärts purzelten sie aus dem Fahrzeug, landeten neben den Schienen, rollten über die Gleise, den Schotter, die Wiese. Sie blutete an den Händen, doch das war nichts im Vergleich zu dem, was ihnen im Auto passiert wäre.

Kurz darauf setzte sich alles wieder in Bewegung. Der Zug. Das Auto. Metallteile regneten auf die Erde.

Jan blinzelte. »Was ist passiert?«

Helga wusste es nicht.

Der Zug kam erst zum Stehen, nachdem der letzte Wagon an ihnen vorübergezogen war. Auf der anderen Seite lehnte Maurer an einer Leitplanke, sichtlich zufrieden.

Sein Lächeln erstarrte, als er Helga erblickte.

Helga ballte die Fäuste und rannte auf ihn zu.

»Warte!« Jan sprang ihr nach.

»Warum?«, schrie Helga. Mit ihren blutigen Händen packte sie Maurer am Kragen.

Er stieß sie weg. Das Medaillon landete auf der Wiese. Helga rappelte sich auf und ging ein weiteres Mal auf Maurer los. »Was habe ich Ihnen getan? Was? Was? Was?« Sie boxte ihm gegen die Brust, doch es war, als würde sie gegen eine Betonwand schlagen.

Maurer wischte sie wie ein lästiges Insekt fort. Sie landete ein weiteres Mal auf den Hintern.

Endlich kam ihr Jan zu Hilfe. Er half ihr auf, dann rammte er dem falschen Lehrer das Knie in die Kehle.

Maurer gurgelte.

Zugtüren fuhren fauchend auseinander.

Stimmen wurden laut.

»Was ist hier los?«

Männer und Frauen, Alte und Kinder, Uniformierte sprangen heraus.

»Helfen sie mir«, keuchte Maurer. »Diese Kinder haben mein Auto ...« Er hielt sich eine Hand vor den Mund. »Ich bin doch nur ein Lehrer.« Unbeholfen rüttelte er an Jans Bein.

»Nehmen Sie den Fuß von dem Mann!«, schrie der Schaffner.

Jan schnaubte. Er verschränkte die Arme und stellte sich breitbeinig über Maurer.

»Sie haben mich aus dem Auto geworfen«, erklärte Maurer. »Ich hätte nie gedacht, dass sie mein Auto stehlen würden und eine Spritztour ...«

»Das ist nicht wahr!«, brüllte Helga.

Maurer hielt sich schützend die Hände vors Gesicht. »Halten Sie das Mädchen fest. Ich bin ein kranker Mann, hilflos ...«

»Rotznasen!«

»Satansbraten!«, riefen Passagiere.

»Rufen Sie die Polizei«, krächzte Maurer.

Helga rang nach Luft.

Jan nahm ihre Hand. »Wir müssen hier weg«, flüsterte er. »Bevor die Bullen kommen.«

Hand in Hand rannten sie los.

»Hey!«, brüllte der Schaffner. Einen Augenblick hielt Helga an. Wirkte es nicht wie ein Geständnis, wenn sie jetzt fortliefen? Wohin sollten sie überhaupt?

»Das ist unsere einzige Chance«, rief Jan und zerrte sie weiter.

Er hatte recht. Wem würde man glauben? Einem Lehrer oder ihnen? Sie atmete durch, als ...

»Mein Medaillon.«

Es lag immer noch neben Maurer im Gras.

»Vergiss das Ding.«

»Aber ...« Helga kamen die Tränen. Das einzige Foto ihrer Familie. Und sie musste es zurücklassen.

Auf der Flucht

Sie marschierten die Gleise entlang. Schotter bohrte sich in Helgas Schuhsohlen und hin und wieder knickte ihr Fuß auf einer Bahnschwelle um. Sie biss die Zähne zusammen und ging weiter. Immer weiter. Bis zu einem Tunnel. Er reichte tief in die Erde. Das Ende war nicht zu sehen. Die Schilder *Betreten verboten* und *Achtung Lebensgefahr* waren mit Sprühlack überzogen.

Die Ampel stand auf Rot.

»Sieht so aus, als hätten sie den Zugverkehr vorübergehend getoppt«, sagte Jan.

»Ich gehe da nicht durch«, sagte Helga, verließ das Gleis und kletterte den Hang hinauf.

»Warte!« Jan folgte ihr. Oben angelangt sah sie zurück zur Unfallstelle.

Ob die Polizei schon dort war? Sie ballte eine Faust. So fest, dass die Wunden wieder zu bluten begannen.

»Tut es sehr weh?«, fragte Jan.

Helga starrte auf ihre Hände. Blut tropfte auf den Boden. Das war gar nichts. Sie müssten tot sein. Wie hatten sie das Zugunglück überleben können? »Das Auto ist vollkommen hinüber, aber wir sind beinahe unversehrt«, sagte sie.

Jan nickte. »Das alles ist ziemlich merkwürdig.«

»Wenn ich nur wüsste, warum Maurer mich töten will?«

»Wir werden es herausfinden«, sagte Jan. »Aber zuerst brauchen wir ein Versteck.«

Er hatte Recht. Neben ihnen war die Straße. Autos brausten vorbei. Und jeder konnte sie sehen!

Nur wo sollten sie hin? Sie konnten nicht zurück in die Schule und im CuraNaus würde ihnen auch niemand helfen.

»Was ist mit deinen Eltern?«, fragte Helga leise.

Jan schluckte.

Sie biss sich auf die Lippen. Wie dumm von ihr. Er hatte natürlich nicht vor, seine Eltern in die Sache reinzuziehen. Enttäuscht war sie trotzdem. Ein Versuch wäre es wertgewesen.

Er schüttelte den Kopf. »Ich habe keine Eltern mehr.«

Helga riss die Augen auf. Jan hatte auch keine Eltern mehr? Darüber hatten sie nie gesprochen. »Das wusste ich nicht«, stammelte sie.

»Das weiß niemand«, erklärte Jan. »Ich lebe bei meinem Großvater. Und der ist ziemlich ... ziemlich streng. Er würde uns niemals ... Also ...«

»Ich verstehe.«

»Nein das tust du nicht. Er ist ...« Er blickte weg. »Es ist kompliziert.«

Helga hatte das CuraNaus oft verflucht, die Regeln im Heim, die Mönche. Doch Jans Leben schien nicht besser.

Plötzlich hatte sie eine Idee. Es gab einen Platz, an dem sie untertauchen konnten. Das ideale Versteck.

»Ich weiß, wohin wir können.« Sie streckte den Daumen auf die Fahrbahn.

Zwei Autos rasten vorbei. Dann noch eines. Schließlich ein Motorrad.

»Ich glaube nicht ...«, begann Jan und verstummte. Ein Truck kam mit quietschenden Reifen neben ihnen zu stehen.

Auf der blinkenden Tafel über dem Rückspiegel stand ein Name. *David*. Auf dem Armaturenbrett wackelte eine Elvispuppe mit dem Kopf.

»Wohin soll's denn gehen?«, fragte der Brummifahrer durch die offene Fensterscheibe.

»In die Stadt«, sagte Helga.

»Na dann steigt ein!«

Helga machte einen Schritt, doch Jan packte sie am Arm. »Hältst du das für eine gute Idee?«

»Nein«, sagte sie. »Aber haben wir eine Wahl?«

Jan sah von Helga zu dem Trucker. Ein bulliger Typ mit Tattoos am Oberarm und Löcher in den Ohren.

»Okay, was soll's«, sagte er.

Sie kletterten zu ihm auf die Beifahrerseite.

»Nett von Ihnen«, sagte Helga.

Der Fahrer nickte nur und fuhr los. Sagte nichts. Fragte nichts.

Wahrscheinlich war er an das Alleinsein und die Stille gewöhnt, die der Job auf der Straße mit sich brachte.

Einen Augenblick später fuhren sie an der Tankstelle vorbei, an der sie Susan und Markus zurückgelassen hatten. Markus hockte vor einer Zapfsäule und Susan lief wild gestikulierend vor ihm auf und ab.

»Sollten wir nicht ...«, flüsterte Helga.

Jan schüttelte den Kopf. Er hatte recht. Bald würden die beiden die Lügenmärchen Maurers und der Polizei hören - und sie glauben.

Alle würden sie glauben.

Sie saßen richtig tief in der Scheiße. In diesem Moment meldete sich der Sprechfunk des Trucks.

»Florian Fernstadt 22.« Rauschen begleitete die nächsten Worte. Sie klangen wie *Kaffeemaschine* und *Matsch*.

»Wer war das?«, fragte Helga.

Der Fahrer zuckte die Schultern.

»Achtung Gefahrenstelle«, tönte es weiter aus dem Gerät mit einer Stimme wie Micky Maus.

»Ist das ein gewöhnliches CB-Funkgerät?«, fragte Jan interessiert.

»Kennst du dich damit aus?«, fragte der Fahrer.

»Ein wenig«, antwortete Jan. »Mein Vater hatte mal eines.«

»So.« Er schwieg kurz. »Ich bin übrigens Frank. Und wie heißt ihr?«

Helga öffnete den Mund, doch Jan kam ihr zuvor. Er zeigte auf die Tafel über dem Rückspiegel. »Ich dachte Sie heißen David.«

Frank schüttelte den Kopf. »Falsch gedacht.«

Es knackte. »Biene 31 bist du noch da?«

»Nein du Wichser«, murmelte Frank und drückte auf eine Taste. »Raus aus Kanal 9. Der ist nur für Notfälle.«

Jan starrte ihn an.

»Manche kapieren einfach nicht ...«, begann Frank und wurde von einem weiteren Funk unterbrochen.

»Freunde. Wenn ihr auf der B431 unterwegs seid, passt auf! Vor der Südbrücke soll ein Zug entgleist sein.«

Helga schluckte.

»Stimmt. Blechparty vor der Autobahnauffahrt«, meldete sich eine andere Stimme. »Sieht so aus, als wurde ein Auto gerammt. Da baut sich gerade ein mega Stau auf. Weicht besser aus!«

»Tangiert uns nicht«, sagte Frank.

»Können wir das dann nicht abstellen und Radio hören?«, fragte Helga.

Zwei Streifenwagen rasten an ihnen vorbei. Mit Blaulicht und Sirenengeheul. Helga drückte sich instinktiv tiefer in den Sitz. Frank starrte sie an.

Helga schluckte. Ihre Hände zitterten. Blutig waren sie obendrein. Schnell steckte sie sie in die Hosentasche.

Da knackte erneut das Funkgerät. »Wir sollen die Augen nach zwei Teenagern offen halten. Ein Junge und ein Mädchen. Fünfzehn Jahre. Beide blond. Wahrscheinlich verletzt. Sollen irgendwas mit dem Unfall zu tun haben.«

Helga hielt die Luft an.

Der Truck wurde eine Spur langsamer. Frank griff nach dem Funkgerät.

Scheiße!

Und schaltete es ab.

»Von mir habt ihr nichts zu befürchten«, sagte er.

Helga traute ihren Ohren nicht. »Ich erkenne Verbrecher, wenn ich sie sehe. Und ihr seid das nicht.« Dann schwieg er wieder. Sie starrte zu Jan.

Unglaublich!

Nach einer Zeit erreichten sie die Stadt. »Wenn ihr das Land lieber verlassen wollt, ich fahre bis Holland.«

Helga schüttelte den Kopf. »Wir steigen hier aus.«

»Danke«, sagte Jan. Er folgte Helga aus dem Fahrzeug, schloss die Tür und der Truck fuhr weiter.

»Und jetzt?«

Helga sah sich um. »Hier entlang!«

Das Quartier hatte sich nicht verändert. Die Matratze auf dem Boden, daneben der Kleiderhaufen, der Schrank mit dem Vorhang, hinter dem sich die Konservendosen stapelten, die bemalten Wände. Japhets geheimer Unterschlupf.

»Was ist das hier?«, fragte Jan.

»Ein Freund hat hier mal eine Zeit lang gewohnt, jetzt geht er auf eine Zauberschule.«

»*Was* für eine Schule?«

Sie hielt sich die Hand vor den Mund. Das hätte sie nicht sagen dürfen. Oder doch? »Nicht so wichtig. »Hier sind wir sicher.«

Inzwischen war es später Nachmittag.

»Wenn das so ist«, sagte Jan und setzte sich auf die Matratze. Er klopfte auf den Platz neben sich. »Komm her!«

Helga schoss die Röte ins Gesicht.

Jan grinste. »Was ist?«

Langsam setzte sie sich zu ihm, strich sich eine Strähne aus dem Gesicht. »Warum magst du mich?«

Jan nahm ihren Kopf in seine Hände. »Ich mag dich doch nicht.« Und dann küsste er sie. Der tollste Junge der ganzen Schule! Küsste!! Sie!!!

Helga schloss die Augen. Fühlte sich wie auf Wolken. Das Beste, das sie je erlebt hatte! Völlig egal, in welchem

Schlamassel sie steckte. Im Moment zählte nur das Hier und Jetzt.

Warum konnte die Zeit nicht *jetzt* stillstehen?

Am frühen Morgen kroch Jan aus dem Versteck, um eine Tageszeitung zu holen. »Mal sehen, was sie über das Zugunglück geschrieben haben. Bin gleich wieder da«, sagte er.

Doch eine halbe Stunde später war er immer noch nicht zurück.

Helga knabberte an ihren Fingernägeln. Wo blieb er so lange? Hoffentlich war ihm nichts zugestoßen. Sie spürte immer noch seinen warmen Körper unter der Decke. Er hatte sie die ganze Nacht gehalten.

Dann hörte sie Schritte. Jan klettert durch die Dachluke ins Zimmer.

»Hat länger gedauert, aber die meisten Häuser haben ...«

»Hauptsache du bist wieder da«, unterbrach Helga ihn.

»Hier.« Er reichte ihr die Zeitung. »Wir sind auf der Titelseite.«

Helga erstarrte. Ein Bild von Maurers Auto, verschrottet auf den Schienen, davor der Zug und die entsetzten Gesichter einiger Passagiere.

»Jugendliche Rowdys auf der Flucht. Attacke auf Lehrer endet beinahe tödlich«, zitierte Jan.

Helga überflog die Zeilen. Starrte auf ihr eigenes Foto. Das Bild von ihrem Schülerausweis.

Was für ein Schlamassel! Da kamen sie nie wieder raus. Niemals!

170

»Was sollen wir jetzt tun?«

Jan runzelte die Stirn. »Wir werden Maurer zwingen, die Wahrheit zu sagen.«

»Und wie?«

»Das weiß ich noch nicht. Aber irgendwie ...« Er stockte. »Hast du das gehört?«

Helga spitzte die Ohren. Waren das Schritte? Auf dem Dach? »Ist dir jemand gefolgt?«, flüsterte sie.

Jan schüttelte den Kopf. »Ich hab verdammt gut aufgepasst.«

Die Schritte wurden lauter.

Helga sprang auf. »Wenn das die Polizei ist ...«

»Pst.« Jan presste ihr einen Finger auf die Lippen. Zog sie hinter den Schrank.

Helga schluckte. Das klappte nie. Jan drückte sich gegen sie.

Jemand sprang durch die Luke ins Zimmer, stampfte zur Matratze.

Helga konnte niemanden sehen.

Nur die Schuhe.

Ein kariertes Hemd segelte auf den Fußboden.

Helga runzelte die Stirn. Dieses Hemd! Die roten Manschettenknöpfe am Ärmel!

Nein, das war unmöglich! Wie um alles in der Welt hatte er sie gefunden?

Wolle knisterte, ein Reißverschluss wurde hochgezogen.

Jetzt oder nie!

Sie wollte nach vorne springen und sich auf ihn stürzen. Jan hielt sie fest. Der Fremde ging zurück zur Luke, hievte sich hoch und verschwand.

Nichts mehr war zu hören.

»Anscheinend kennen noch andere dieses Versteck hier«, sagte Jan.

Helga atmete schnell. Zu schnell.

Punkte tanzten vor ihrer Netzhaut.

»Was ist?«

»Ich weiß nicht, wie er uns gefunden hat, wie er das geschafft hat.« Sie zeigte auf das Hemd am Boden, die roten Schlieren, da wo sie ihn mit ihren blutigen Fingern gepackt hatte.

»Du glaubst ...«, stammelte Jan.

Sie nickte. »Ja. Das ist definitiv sein Hemd.«

Maurer war gerade hier gewesen.

Tollwut

Helga tigerte auf und ab.

»Beruhige dich«, sagte Jan. »Das war nicht Maurer. Der ist auf einen Rollstuhl angewiesen.«

»Aber das ist *sein* Hemd!«, erwiderte sie.

Jan überlegte. Dann tippte er sich an die Schläfe. »Na klar. Maurer hat das Hemd weggeworfen. Und ein Penner hat es gefunden. Oder ein Junkie. Irgendjemand.«

»Und dieser Jemand taucht dann *zufällig* hier auf?«

»Unwahrscheinlich«, gestand Jan.

»Ich will sofort weg von hier!«, sagte Helga.

»In Ordnung.« Jan ging zum Vorratsschrank. »Lass uns nur noch schnell ein paar Sachen einpacken. Uns steht ein langer Weg bevor.«

»Ein ... Wohin gehen wir?«

»Es gibt da diese Hütte.«

Sie sah ihn groß an. Warum sagte er das erst jetzt?

Als könne er ihre Gedanken lesen, sagte er: »Wird schwer, dorthin zu kommen.«

Sie kletterten aus dem Dachversteck und liefen mit ein-gezogenen Köpfen über das Wellblech. Lautes Scheppern und quietschende Räder ließ sie innehalten.

Sie duckten sich und lugten über die Regenrinne nach unten auf die Straße. Die Müllcontainer wurden gerade von zwei Männern zu einem Müllfahrzeug geschoben. Sie stellten den ersten auf den Lifter des Fahrzeuges und drückten den Hebel. Der Container wurde angehoben, gekippt und entleert. Es ging schnell, doch für Helga nicht schnell genug.

»Ausgerechnet jetzt«, flüsterte sie.

Der zweite Container kam an die Reihe. Eine Wohnungstür ging auf.

»Hab ich doch richtig gehört«, krächzte eine Stimme. Eine alte Frau schlurfte mit einem Rolli aus der Tür, auf dem sich Zeitungen stapelten.

»Darf ich den Herren einen Tee anbieten?«

»Aber Frau Frisch«, sagte einer der Männer in Orange. »Sie wissen doch, dass wir ...«

»Nein, nein, davon will ich nichts hören!«, sagte die Alte. »Dafür nehmen Sie ja auch immer meine Zeitungen mit.« Sie zeigte auf den Stapel Altpapier, der gerade vom Rolli rutschte.

»Das ist unser Job.« Er fing die Zeitungen auf und ...

»Frau Frisch!« Er zog die oberste Zeitung zurück. »Die ist von heute.«

Sie nickte. »Schon ausgelesen. Ich bin seit fünf Uhr wach. Haben Sie das von den Zwillingen gelesen, die als Babys vertauscht wurden?«

»Tatsächlich?«, sagte der Mann.

»Und die jungen Leute auf Seite drei. Die haben ein Auto vor einen Zug gefahren, um ihren Lehrer umzubringen.«

Helga schnappte nach Luft. Jan drückte die Hand auf ihre Schulter.

Der Fahrer des Müllwagens hupte.

»Frau Frisch, wir müssen dann.«

»Aber der Tee!«, rief die Alte.

»Das nächste Mal.« Er stellte sich hinten auf den Wagen und hielt sich an der Stange fest.

Sie fuhren vom Parkplatz.

»Enttäuscht watschelte die Alte zurück in ihre Wohnung und schloss die Tür.

Helga und Jan kletterten vom Dach und sprangen auf die Straße. Die Tür ging nochmal auf und sie standen der Alten direkt gegenüber. Sie starrte sie an. Zwei, drei Sekunden lang. Dann fing sie an zu schreien: »Da sind sie! Das sind die Rowdys!«

Helga und Jan rannten los. Rannten, bis sie sicher waren, von niemandem verfolgt zu werden.

»Sie hat uns erkannt«, keuchte Helga.

Jan nickte. »Das darf uns nicht nochmal passieren.« Er zog sich seinen Hoodie über den Kopf. »Du hast nicht zufällig ein Tuch dabei?«

Sie zog den Gummi von ihren Haaren. Öffnete den Zopf, und schüttelte ihren Kopf. Die Haare fielen ihr ins Gesicht.

»So geht es auch«, sagte Jan.

Sie fuhren mit der Bahn bis zum Stadtrand, dann mit dem Bus. Dann gingen sie zu Fuß. Zuerst auf einer Landstraße dann auf einem Forstweg. Seit Stunden hatte Helga keine Häuser mehr gesehen. Auch keine Autos. Oder Traktoren. Nichts.

»Und du bist sicher, dass wir hier richtig sind?«, fragte sie.

»Ich war schon lange nicht mehr da«, sagte Jan und bog ab. Sie gingen tiefer in den Wald.

Die Bäume schlossen die Sonne aus und es wurde kälter. Die Hütte sollte im Wald stehen. Aber so abgelegen? Da konnte nichts mehr sein.

»Wir laufen im Kreis«, keuchte sie.

»Machen wir eine kurze Pause.« Jan setzte sich auf einen Baumstumpf und bot Helga seinen Schoß an.

So verlockend das auch war, sie wollte keinesfalls noch im Wald sein, wenn es dunkel wurde.

»Lass uns lieber weitergehen.«

Knacks

Sie wirbelte herum. »Was war das?«

»Was war was?«

»Hast du das nicht gehört?«

»Ich höre alles Mögliche. Vogelgezwitscher, den Wind, welkes Laub ...«

Wie konnte er nur so ruhig bleiben?

Jan reichte ihr die Wasserflasche. »Trink etwas!«

Sie fuhr mit der Zunge über ihre Lippen. Sie waren staubtrocken. Sie nahm ihm die Flasche aus der Hand und führte sie zum Mund.

Es knackte erneut. Helga riss die Augen auf, verschluckte sich fast. Vor ihr stand ein Fuchs. Er sah kleiner aus, als auf den Bilderbüchern und Zeichnungen ihrer Kindheit. Dafür wirkte er weniger scheu. Fast schon zutraulich. Da rutschte ihr die Flasche aus der Hand. Sie fiel zu Boden und Wasser sickerte in die Erde.

Der Fuchs fletschte die Zähne und Schaum quoll aus seinem Maul.

Sie spürte Jans Hand in ihrer. »Was ...«

Er zeigte auf eine Fichte neben ihnen. »Da rauf, schnell!«

Klettern? Die ersten Äste wippten einen guten Meter über der Erde. Wie sollte sie sich da rauf ziehen? Sie trat auf einen Zweig. Besser! Sie bückte sich und hob ihn auf.

Der Fuchs kam auf sie zu.

»Verdammt.« Jan riss ihr die Rute aus der Hand, schrie und fuchtelte. Doch der Fuchs wich nicht zurück, kam einfach näher.

Und näher.

»Du kletterst da jetzt rauf!«, rief Jan.

»Aber ...«

»Mach schon! Du schaffst das!«

Der Fuchs spitze die Ohren. Warum haute der nicht endlich ab?

Sie angelte sich den untersten Ast und drückte die Schuhe gegen den Baumstamm. Sie versuchte zuerst ein Bein, dann das andere über den Ast zu schwingen. Es gelang ihr nicht.

»Beeil dich«, schrie Jan. »Ich kann ihn nicht mehr lange zurückhalten.«

Der Fuchs verbiss sich in die Rute und versuchte, sie Jan aus der Hand zu reißen.

Helga biss die Zähne zusammen und ...

Und schaffte es. Endlich! Sie drehte sich herum und strecke Jan die Hand entgegen. »Jetzt du!«

Jan ließ den Zweig los und folgte Helga.

Der Fuchs schnappte nach dem Fuß. Jan konnte ihn gerade noch rechtzeitig wegziehen.

Schnell kletterten sie höher.

»Das war knapp.«

Helga schlang einen Arm um ihn. »Ich dachte, Füchse sind scheu.«

»Der hier nicht«, erklärte Jan.

Wie meinte er das?

»Er zeigt die typischen Symptome.«

Helga runzelte die Stirn.

»Tollwut.«

»Was?«

»Ging neulich durch die Nachrichten. Sie haben überall Fallen aufgestellt und ...«

»Stimmt es, dass die Krankheit bei Menschen immer tödlich endet?«, platze sie heraus.

»Glaube schon.«

Sie blickten nach unten. Der Fuchs lief um den Baum. Wieder und wieder.

Na toll.

»Und jetzt?«

»Er wird schon abhauen.«

Doch der Fuchs dachte nicht daran. Bis zur Dämmerung dauerte es nicht mehr lange. Wie kühl mochten die Nächte um diese Jahreszeit werden? Wollte sie wirklich die Nacht auf einen Baum verbringen?

Aber hatten sie eine Wahl? Vielleicht gelang es ihnen doch, das Biest zu vertreiben?

Ein Biss. Ein einziger, kleiner Biss und ...

Bam! Ein Zapfen traf den Fuchs am Hinterkopf. Noch mal. Und nochmal.

Ob das klappte?

»Hilf mir!« Jan riss noch mehr Zapfen von den Ästen und bombardierte das Tier.

»Und wenn er noch aggressiver wird?«

»Was kann er uns hier oben schon tun?«

Helga nickte. Sie traf den Fuchs am Hinterteil.

»Sehr gut.« Jan setzte ihm mit einem weiteren Zapfen zu.

Bam!

Helga entdeckte einen besonders großen, doch sie benötigte ihn nicht mehr.

Der Fuchs lief fort.

Sie atmete hörbar aus.

»Wir haben's geschafft«, sagte Jan.

Sah so aus. Mit dem Hinunterklettern warteten sie dennoch.

Erst nach einer halben Stunde zogen sie weiter. Es gab keine Anzeichen dafür, dass der Fuchs noch in der Nähe war, trotzdem wollten sie auf der Hut sein.

»Du bleibst dicht an meiner Seite«, bestimmte Jan.

War die Hütte wirklich nicht mehr weit entfernt?

Sie marschierten zügig, doch am Waldbild änderte sich wenig. Langsam verlor Helga den Glauben in Jan. Diese Reise führte zu keinem Ziel.

Bis ...

Jan zeigte auf eine Lichtung. Die untergehende Sonne glitzerte in dem Bach zu ihrer linken, rechts stand ein altes Haus. Putz bröckelte von den Wänden und am Dach fehlten ein paar Ziegel, aber das störte sie nicht. Im Gegenteil. Das machte das Bild nahezu perfekt. Es war wie heimzukommen, obwohl sie noch nie hiergewesen war.

»Es ist genauso wie damals«, sagte Jan. »Als mich mein Vater mitgenommen hat, wenn er zur Jagd ging. Komm!«

Helga folgte ihm über die Wiese zum Haus.

Jan schob die Türmatte beiseite und hob einen Schlüssel hoch. »Kein sehr gutes Versteck.« Er öffnete die Tür. Sie führte direkt in die Küche.

Helga staunte über die Rundholzwände, den dunklen Parkettfußboden, die beschnitzte Decke.

Es war perfekt.

Bis auf den Mann am Tisch.

Das Medaillon von Sevilla

»Ich habe euch erwartet.« Maurer verschränkte die Arme vor der Brust.

Nein! Das konnte nur ein böser Traum sein!

Jan hakte seine Finger in ihre.

»Wohin hättet ihr sonst gehen sollen?« Maurer nahm die Brille ab und legte sie auf den Tisch. »Schluss mit dem Versteckspiel.« Mit einem Ruck riss er sich den Schnauzer ab. Der war nur aufgeklebt. Auch die Haare waren nicht echt. Er trug eine Perücke, die er langsam von seiner Schädeldecke zog. Schwarze Haare quollen hervor.

Sems Mörder!

Helga schluckte. »Sie sind mit dem Traktor in den Fluss gestürzt! Sie sind tot!«

»Ein alter Fischer ist tot.« Maurer rutschte mit dem Stuhl zurück und stand auf. »*Ich* war nur gelähmt. Bis jetzt.« Er atmete tief durch. »Könnt ihr euch vorstellen, wie es ist, behindert zu sein? Auf fremde Hilfe angewiesen zu sein? Einen Rollstuhl zu fahren?« Er griff in seine Hosentasche. »Weißt du, was das ist?«

»Mein Medaillon«, flüsterte Helga.

Maurer knallte es auf den Tisch. »Das ist das Medaillon von Sevilla. Es erfüllt einem jeden Wunsch. Na ja, fast jeden Wunsch, schließlich atmest du immer noch.« Er musterte sie von Kopf bis Fuß. »Ein kluger Schachzug, die Zeit anzuhalten, um aus dem Auto zu entkommen. Guter Wunsch. Hast du gewusst, was du tust?«

Helga schwieg.

»Wie auch immer. Dieses Mal entwischst du mir nicht.«

Sie erstarrte. Maurer hielt plötzlich ein Jagdgewehr in seinen Händen? Er zielte auf ihre Brust.

Jan schob sie hinter sich.

»Wie rührend. Das kommt mir bekannt vor«, sagte Maurer. »Mit einem Unterschied. Einst reichte ein Fingerschnippen.«

»Was habe ich Ihnen getan? Was hat Sem getan?«, schrie Helga.

»Ihr habt in der Vergangenheit herumgepfuscht.« Und mit diesen Worten drückte er ab.

Jan rammte ihr den Ellbogen in die Seite. Sie prallte mit dem Kopf gegen einen alten Waschzuber und die Kugel zerfetzte die Scheibe hinter ihr.

Wasser schwappte, Glas klirrte.

Maurer fluchte und lud nach. Jan sprang vor, packte das Gewehr mit beiden Händen und drückte den Lauf nach oben. Die Kugel landete in der Decke.

Holzsplitter segelten herunter.

Helga rappelte sich auf und sah sich um.

Die Kohleschaufel neben dem Herd! Sie taumelte darauf zu. Packte sie. Holte aus und schlug Maurer das Blech über den Schädel. Er sackte zusammen. Das Gewehr fiel neben ihm auf den Boden.

Jan trat es in die Ecke. Helga ließ die Schaufel los und fiel in seine Arme.

Er nahm ihren Kopf und drehte ihn zu sich. »Alles gut?«

Sie riss die Augen auf. Maurer war schon wieder auf den Beinen, hatte die Schaufel in der Hand und traf Jan so hart, dass dieser gegen den Tisch krachte, ihn umriss und von der Platte rutschte.

Maurer lachte. Er stürzte sich auf Helga, umklammerte ihren Hals und drückte zu.

Grelle Punkte tanzten vor ihren Augen.

Da sprang etwas durch das kaputte Fenster. Ein rotes Knäuel?

Der Fuchs?

Vom Wald?

Er kam näher. Knurrte.

»Ernsthaft?«, sagte Maurer. »Was kommt als Nächstes?« Er verpasste dem Vieh einen Tritt, dass es an die gegenüberliegende Wand klatschte und neben Jan liegen blieb.

Helga schnappte nach Luft.

Jan rührte sich immer noch nicht. Neben ihm lag der umgekippte Waschzuber und in einer Pfütze ihr Medaillon. Plötzlich riss er die Augen auf und griff danach. Er öffnete es und schrie: »Ich wünschte ...« Er hielt kurz inne. »Ja, ich wünschte ...«

Helga verlor das Bewusstsein. Die Hände um ihren Hals verschwanden und sie sackte zusammen.

Als sie wieder zu sich kam, lag sie am Boden und Jan fuhr ihr sanft über die Haare.

»Was ist passiert?«, hauchte sie. Ihr Hals schmerzte an der Stelle, wo Maurer sie gewürgt hatte. Hastig sah sie sich nach dem Lehrer um, doch er war nirgends zu sehen.

»Ich habe mir gewünscht, dass er verschwindet«, sagte Jan. »Und weg war er.«

»Einfach so?« Sie setzte sich auf.

»Ich weiß, es war ein dämlicher Wunsch. Doch auf die Schnelle ist mir nichts Besseres eingefallen.«

»Sei nicht albern. Du hast mir das Leben gerettet«, sagte Helga. Sie schwieg kurz.

Dann sagte Jan: »Ich habe nachgedacht. Als du bewusstlos warst.«

»Worüber?«

»Über Maurer. Seine Verkleidung. Er war kein Lehrer. Ist es nie gewesen. Vielleicht hat die Polizei das längst herausgefunden und wir haben uns umsonst Sorgen gemacht.«

»Meinst du?«

»Es gibt nur eine Möglichkeit das herauszufinden.«

Helga nickte. Sie mussten sich stellen!

Sie betraten die Polizeidienststelle. Doch es war niemand da. Ein Computer surrte leise hinter dem Empfang. Es roch nach frischem Kaffee.

»Was kann ich für euch tun?«, fragte plötzlich eine junge Polizistin. Sie kam aus einem Nebenraum. Helga erhaschte einen Blick auf zwei leere Zellen. Gut möglich, diese gleich von innen zu sehen.

»Wir sind hier um einen Irrtum aufzuklären«, beeilte Jan sich zu sagen.

»Einen Moment.« Die Polizistin erkannte sie. »Ihr seid doch die zwei Teenager, die ...« Sie griff nach der Waffe, die an ihrem Gürtel baumelte.

Jan hob die Hände. »Bitte. Hören Sie uns an, bevor Sie uns verhaften!«

»Euch verhaften?« Die Polizistin lachte. Sie nahm das Walkie-Talkie von ihrem Gürtel und drückte auf eine Taste. »Horst, ich brauch dich hier auf der Dienststelle.« Sie zeigte auf die Tür, durch die sie gerade gekommen war. »Kommt mit. Wir haben einiges zu besprechen.«

Eine Stunde später saßen sie im Polizeiauto und fuhren zurück zur Schule. Helga und Jan hatten der Polizei alles erzählt, was sie wussten. Im Gegenzug hatten sie erfahren, dass es einen Zeugen gab, der alles beobachtet hatte. Maurer war überprüft worden. Es gab keinen Lehrer mit diesem Namen. Der einzige Mann, der so hieß, war achtzig und lebte in einem Pflegeheim.

Sie waren unschuldig.

»Nur eines verstehe ich nicht«, sagte der Polizist, der sie zurück ins Internat fuhr. »Warum wollte euch dieser Mann töten?«

Das war die Frage, die auch Helga interessierte.

Doch sie hatte keine Antwort.

(Auf) Wiedersehen

»Wo steckt Maurer jetzt?« fragte Rafik Helga, der gerade erst von einer Blinddarmoperation aus dem Krankenhaus zurückkam.

Sie schüttelte den Kopf. »Ich weiß es nicht.«

Sie waren in der Schule *der* Gesprächsstoff Nummer eins. Selbst nach einer Woche gab es Schüler, die ihre Geschichte hören wollten.

»Und euch geht's gut?«, fragte Rafik weiter.

Sie machte eine wegwerfende Handbewegung. »Alles okay.« Sie gab sich gelassen aber in Wahrheit wollte sie einfach nicht mehr darüber reden. »Ich habe dir ja gesagt, du sollst zum Arzt gehen«, lenkte sie ab und knuffte Rafik freundschaftlich in den Bauch.

»Yeah, das hätte auch nichts geändert. Aber hey, dafür hab ich eine geile Narbe.« Er hob sein Shirt.

Helga nickte. Sanft fuhr sie über ihre eigene vernarbte Hand. Mehr war nicht zu sehen. Maurer hatte es nicht geschafft, sie zu töten. Doch war es vorbei? Nach wie vor fehlte jede Spur von ihm. Sie atmete tief durch. Vielleicht war es besser, wenn er für immer verschollen blieb.

Die nächsten Wochen im Internat vergingen wie im Flug. Bald ging es zurück ins CuraNaus.

Sie vermisste Jan jetzt schon, doch sie freute sich, Japhet wieder zu sehen. Sie hatten fast ein Jahr nichts voneinander gehört. Hatte er Sems Tod verarbeitet? Sie wollte mit ihm über das Medaillon sprechen, über Maurer, und so viele andere Dinge.

»Zehn Mark für deine Gedanken.« Jan stand plötzlich hinter ihr.

Helga drehte sich um. »Ich hab mich gefragt, ob du mich auch vermissen wirst.«

Er sah sich um. Sie waren allein in der Alten Galerie. Und er küsste sie.

Der Kuss schmeckte nach Sonne und Kaffeebohnen, nach frischen Blumen und ...

Oh ja, der Sommer würde lange werden.

Helga winkte ihm aus dem Bus zu. Die Türen schlossen und das schwere Fahrzeug setzte sich in Bewegung. Jan rührte sich nicht von der Stelle, wartete, bis es verschwunden war.

Bald würde sein Großvater kommen und ihn abholen. Helga hätte ihn gerne kennengelernt, doch er hatte ihr versichert, nichts zu verpassen. »Du würdest enttäuscht sein.«

Sie starrte auf den Zettel mit der Telefonnummer, den er ihr zum Abschied in die Hand gedrückt hatte. Drei Herzen waren unter die Nummer gemalt. Sie lächelte, dann prägte sie sich die Zahlen ein. Man konnte nie wissen.

Sie bat den Busfahrer, beim Friedhof kurz anzuhalten, was dieser ohne Fragen tat. Rafik folgte ihr bis auf einige Meter zum Grab, die anderen Schüler blieben im Bus.

Es war Juli, aber ein scharfer Wind blies von Norden her über den alten Friedhof. Der Hauptfriedhof war einer der größten Parkfriedhöfe der Welt; dreihundert Hektar Trauer.

Tränen rannen ihr über die Wangen.

Helga kniete sich vor Sems Grab und legte einen Strauß Wiesenblumen auf die Erde.

»Ich bin wieder da«, sagte sie leise und fing an zu erzählen. Sie redete und redete, bis Rafik eine Hand auf ihre Schulter legte.

»Es wird Zeit.«

Sie nickte widerwillig. Dann stand sie auf.

»Ich komme wieder!«

Das CuraNaus hatte sich nicht verändert. Pater Pius begrüßte sie überschwänglich.

Die Sonnentaler und Westlich Eisenhut Schüler waren bereits eingetroffen und warteten vor dem Tor, aber von den Kindern aus der Os-Frango-Ausbildungsstätte und von Japhet war nichts zu sehen.

Wo mochte er stecken?

Helga schlenderte ins Kaminzimmer, um dort zu warten. Lieber wäre sie allein gewesen, doch sie hatte kein eigenes Zimmer mehr, in das sie sich zurückziehen konnte. Ihr Bett hatte ein Mädchen namens Anita bekommen und die wollte sie nicht verdrängen. Sie hatte es immer gehasst, wenn ältere Kinder ihren Platz während der Sommerferien zurückforderten.

Plötzlich stand er an der Tür.

Seine Haare waren ein ganzes Stück gewachsen, sein Gesicht war kantiger.

Langsam kam er auf sie zu. Mit den Händen in den Hosentaschen. »Du siehst gut aus«, sagte er.

»Du auch.« Helga wusste nicht, ob sie ihn umarmen sollte. Schließlich tat sie es einfach. »Schön dich wiederzusehen.«

Japhet schob sie von sich. »Komm mit!« Er tauchte in die Gänge des Klosters unter.

Sie folgte ihm verwirrt.

Er lief geradewegs in die Bibliothek. »Zieh die Tür hinter dir zu«, sagte er.

Helga runzelte die Stirn. »Was soll das?« Sie schloss die Tür.

Er sah sich nach allen Seiten um, vergewisserte sich mit ihr allein zu sein. »Du darfst jetzt nicht ausrasten, okay?«

»Warum sollte ich?«, fragte Helga.

»Weil ich dir das längst hätte erzählen müssen.« Er kramte in seiner Hosentasche nach einem schwarzen Halsband.

»Was ist das?«

»Dieses Ding hier«, er hielt kurz inne, »es ... es kann Geister sichtbar machen.«

Helga zog die Stirn kraus. Japhet war doch wohl nicht übergeschnappt? In dieser Schule?

»Ich zeige es dir. Jetzt halt endlich still.«

Plötzlich erschien aus dem Nichts jemand vor Japhet.

Wer zum ...

Unwillkürlich hielt sie den Atem an.

Die Person drehte sich um, breitete die Arme auseinander und lächelte.

Oh mein Gott!

Es war Sem.

Heute

Morsus saß immer noch in der Vergangenheit fest. Das Medaillon hatte ihn dort hingebracht, wo ihn auch das Buch ausgespuckt hatte, nachdem er Sems Namen hineingekritzelt hatte. Vor den Mauern des CuraNauses.

In seinem alten Unterschlupf überlegte er, wie es weitergehen sollte.

Das Versteck war viel kleiner als in seiner Erinnerung. Aber wohin hätte er sonst gehen sollen? Da er in dieser verflixten Zeit keine magischen Kräfte besaß, waren seine Möglichkeiten begrenzt. Und jetzt suchte ihn auch noch die Polizei!

Er öffnete eine Konservendose und pfefferte den Deckel in die Ecke. Er starrte auf den Vorratsschrank. Wenigstens musste er nicht verhungern.

Eigentlich hatte er nur den Jungen töten wollen.

Doch das hatte nichts gebracht.

Er hatte schnell kapiert warum. Mit Japhet stimmte etwas nicht. Sem musste dessen Sinne benebelt und Japhets Geist vergiftet haben.

Morsus schüttelte den Kopf. Jetzt sprach er schon von sich selbst in der dritten Person.

War es ein Fehler gewesen, vor Japhet mit dem Traktor zu flüchten? Hätte er sich einfach als sein späteres Ich vorstellen sollen?

Nein! Er musste das Übel an der Wurzel packen.

Er musste Helga töten. Nur dann würde Sem nicht in die Vergangenheit reisen, nur so konnte die Zukunft wieder hergestellt werden. Ohne Helga würde es Sem nicht geben.

Schließlich war sie seine Mutter.